庫

# 雨夜の星たち

寺地はるな

徳間書店

# 2020年6月

いつもよそ見をしている。たとえば目の前で誰かが大切な話をしている時。自分自身の人生に大きな変化が起きようとしている時。重要な局面であると思えば思うほど、わたしはいつのまにかよそ見をしてしまっているのだ。

目線の先にたいしたものがあるわけじゃない。アスファルトのわずかな隙間《すきま》から生《は》えている雑草、カフェの壁に飾られた絵、ガードレールの落書き、知らない人のTシャツに書かれた意味不明な英語。格別に興味を引かれたわけでもないのに、気がつけばそれらを凝視してしまっている。

わたしは自分のそういうつまらないものに気をとられがちなところを性格の欠点ではなく、単なる体質だと思うようにしている。願わくは他人にも体質として受け止めてほしい。冷《ひ》え性《しょう》だから、低血圧だからというように「体質」で説明できたら、こんなに楽なことはないだろう。

世の中には見えないものがいっぱいある。そういったものを「ある」と証明するために、名前がある。定義がある。たとえば空気、常識、暗黙の了解。見えないものは、わたしの不得意な分野だ。

みっちゃん、みっちゃんてば。肩を揺さぶられて、はっと顔をそちらに向けた。いつのまにか調剤薬局から戻ってきたらしい彼女は、助手席でちいさな身体《からだ》を折りたたむようにして座っていた。ふだんからかけっぱなしの老眼鏡《ろうがんきょう》のレンズに水滴《すいてき》がふたつばかりついている。

そうだ、雨。そこでようやく思い出す。車の中で待っているうちに雨が降ってきたのだ。調剤薬局まで傘を持っていこうと思っていたのに、フロントガラスを打つ雨粒《あまつぶ》に気をとられて、忘れてしまっていた。

「すみません。迎えに行こうと思ってたのに」

「ええよ、ほんの二、三メートルなんやから」

二週間に一度の頻度で病院への送迎をするようになって二ヶ月程度になるが、そのあいだに何度も「ええよ」と言われた。約束の時間に数分遅れても、ええよ、みっちゃん。「持っといて」と渡されたバッグを受け取りそこねて落とした時も、ええよ、みっちゃん。

セツ子さんが通う病院は市のはずれにある個人病院で、けれどもとびきり腕が良いのだという。駅から遠く、電車やバスでは通院が難しい。

「三葉《みつば》といいます」

はじめて会った時、わたしは自分の名字だけを名乗った。下の名前は可能な限り他人には知られないように気をつけている。

「じゃあ、みっちゃんやね」

女の子なんだからかわいく呼びたいわ、と言った彼女の名は、田島《たじま》セツ子という。八十代で通院が必要な疾患《しっかん》を抱えてはいるが、頭はおそらく二十六歳のわたしよりずっとしっかりしている。

察する、ということは基本的にありません。

名乗った後に、そう説明した。「しごと」の初回には、かならずそう言うことにしている。

「基本的には、あなたが『やってくれ』と言ったことだけをやります。『やらないでくれ』と言われたことはしないように細心の注意を払います。でもわたしがあなたがしてほしいことを察して行動することはありません。『普通はそうするでしょ』、というあいまいなルールに従って行動することもありません。だからそちらも『こうしてほしいけど、図々《ずうずう》しいかしら』というような遠慮《えんりょ》は一切不要です。こちらは料金をもらって動いてますので、無理なことは断りますが、断るのはあなたが嫌いだとかいうような感情的な理由ではありません。要望を聞いて、それは無理だと判断する根拠がある場合です」

それを聞いたセツ子さんは一瞬まるく目を見開いたのち、「あなた、おもしろいねえ」と笑い出した。この初回の説明を聞くなり怒り出す人もいるので、セツ子さんとの「しごと」はまずまずの滑《すべ》り出しだったと言える。

毎回病院に付き添って、無事に家まで送り届けること。それがセツ子さんの依頼だった。さきほどのように身体を雨に濡《ぬ》れさせてしまうことは「無事に」から外れている。まだまだだ、と自分を自分の腕の内側をぎゅうぎゅうつねった。

セツ子さんはレースのふちどりのついたハンカチで髪や老眼鏡を拭きはじめる。濡れたマスクに手をかけ、ためらうように首を傾《かし》げたのち、ビーズ刺繡《ししゅう》のバッグから新しいマスクを取り出して、交換した。

「みっちゃんのそれは、手づくり？」

わたしがつけている布のマスクを見やる。

「そうです」

「みっちゃん、器用やね」

「いいえ、わたしがつくったわけではありません」

リルカに「これあげる」とむりやり押しつけられた布マスクは赤と白のストライプ、ゴムはあざやかな青色で、くいだおれ太郎の衣装に酷似《こくじ》していた。派手だなとは思ったが、べつにかまわないとも思った。いったん装着してしまえばわたしの目には見えなくなる。鏡に映らないかぎりは。

「最近、雨ばっかりやね。みっちゃん」

「六月ですからね」

ワイパーが雨粒をはらう。ゴムが古びているようだなと、ややぎこちないその動きで気づく。そろそろ交換しておいたほうがいい。霧島《きりしま》にそう言っておかなければならない。

セツ子さんがシートベルトを締めたのを確認してから、車を発進させた。車の運転はいい。へたすると死ぬかも、という緊張感がわたしによそ見を許さない。

セツ子さんが歌い出した。母さんが蛇の目で迎えに来てくれる歌からはじまって、魚を待っているくまのこの歌になって、最後に『雨に唄えば』という映画の曲になったが、どうも英語の歌詞がわからないらしく曖昧《あいまい》にフンフンとごまかしていた。

以前「ミュージカルって嫌い」と言っていたのは誰だったか。忘れたけど、おそらく母だ。なんにでも文句を言わずにはいられない人だった。

そうだ、たしかに母だ。あんな突然歌ったり踊ったりするのヘンでしょ、とご立腹だった。たしかにそうだなとわたしも思っていたが、セツ子さんに会って認識をあらためた。突然歌い出す人間は実在する。膝《ひざ》や腰の痛みがなければ、突然踊り出しもするに違いない。

「今日はどこか寄る場所はありますか。スーパーマーケットとか、銀行とか」

わざわざこちらから確認したのは、前回郵便局の数メートル手前でとつぜん「あ、そういえば切手を買わないと、みっちゃん、寄ってくれる？」と言い出したからだ。「寄って」のあたりですでに通り過ぎてしまっていた。

「だいじょうぶ、ありがとう」

以前は、買いものはいつも週末に娘がつれていってくれたんだけどねえと喋《しゃべ》る声は、歌の続きのように響いた。娘さんは神戸に自分の夫や子どもとともに住んでいて、今もなおセツ子さんを訪ねるのを「自粛《じしゅく》」しているらしい。

「コストコっていうの？　はじめて連れていってもらった時は、あんまりにもすごくってびっくりしたわあ」

「そんなにもすごいんですか」

「うん。パンでもなんでも、こーんな大きい」

セツ子さんが両手を広げてみせる。えっそんなにもかよと本気で驚きかけたが、話半分で受けとめておくことにした。

「商品をのせるカートも、こーんなにこーんなに大きい。通路もものすごーく広くて」

「ものすごーくですか」

まるでアメリカみたいよ、あ、行ったことはないけど。そう言ってから、ひとりでくすくす笑う。わたしが一緒に笑うことはない。現在の「しごと」に関係なく、わたしは昔から自分がおかしくない時には笑わない。

セツ子さんの家は丘の途中にある。坂道にそって住宅が並んでいて、上に行くほど大きく、あるいは古く、立派な家になる。セツ子さんの家は丘の中腹といったところだろうか。わたしが生まれ育った街もそうだった。ゆりが丘と呼ばれる住宅地だった。

丘のてっぺんに公園があった。家は公園の隣にあり、公園と同じぐらいの面積の庭は母の自慢だった。「ドアノブひとつ妥協《だきょう》せず、カーテンはミリ単位までこだわって吟味《ぎんみ》した」という家本体も。

実際の家屋《かおく》と土地の名義は父だったが、そんなことは彼女にはたいした問題ではなかった。お前のものは俺のもの、という例のあれだ。母は自分の娘ふたりも生身の人間というよりは所有物だと思っている。

セツ子さんの家の門扉《もんぴ》に車を寄せ、次回の予定を確認した。

「では、次回は二週間後の火曜日、午前十時に迎えに来ます」

「はいはい、お願いね」

報告書にサインをしてもらう。時間通りに家まで迎えに来て病院と調剤薬局での薬の受け取りに付き添い、家まで送り届けましたよ、という確認をもらうのだ。

この「しごと」の料金はセツ子さんの娘が払っている、らしい。振りこまれるのはわたしの口座ではなくわたしの雇《やと》い主である霧島の口座だから、わたしはセツ子さんの娘が「自分のかわりに病院に連れていってくれる」サービスの対価として毎月いくら払っているのかは知らない。明確な料金体系がないのだ。霧島と客との協議によって決まる。

田島家の玄関には犬の置物が置かれている。なんという犬種を模《も》した置物なのか、わたしにはわからない。耳がたれていて、舌をぺろんと出している。きなこのような色合いをしているから、わたしは心の中で勝手にその犬の置物を「きなこぱん」と名付けていた。「ぱん」をつけた経緯は自分でもよく覚えていない。よほどお腹《なか》が減っていたのか、あるいは語呂が良いとでも思ったのかもしれない。

「あれにそっくりな犬を飼っとったんよ、昔」

わたしの視線を辿《たど》ったセツ子さんは、その犬の話をはじめた。おりこうさんで、人懐《ひとなつ》っこくて、十年前に病死したセツ子さんの夫の枕元でワオーンとひと声悲しげに鳴いたという話を興味深く聞いたのち、助手席側にまわってドアを開けた。傘を差し掛けて、セツ子さんが降りてくるのを待つ。雨はずいぶん小降りになっていた。

「それじゃあ、またね」

「はい、二週間後の火曜日、午前十時」

小柄な身体が家の中に消える直前、わたしはセツ子さんを呼びとめた。セツ子さんは「なあに」というように首を傾げる。

「なんていう名前だったんですか、犬」

「リチャード」

「もう犬は飼わないんですか」

「そうね。かわいいけど、やっぱり散歩やお世話が大変やからね」

みっちゃんのところは犬のお世話もやってるの、と問われて首を横に振る。

「単体でのサービスはないです。お客さんの入院中のオプションサービスとして、猫のお世話はしたことありますけど」

「猫もかわいいね」

それじゃあまたね、とドアが閉まる。車に乗る直前、無意識に犬の置物の頭に触れていた。リチャードか、とひとりごちた。あたりまえだが「きなこぱん」ではなかった。

リチャードきなこぱん。今後はそう呼ぶことにしよう。

車止めに『霧島』とペンキで書かれた駐車スペースに車を停める。

このあたりの人は皆ここを「月極《つきぎめ》駐車場」と呼んでいる。車止めと申し訳程度に張られたロープがあるきりの、ただの空き地だった。

駐車スペースは三台ぶんしかなく、『霧島』は『理容　鶴田』と『田中クリーニング』に挟まれている。雨が降ると地面が即ぬかるんで靴を汚すのには閉口するが、毎月の利用料は同じ通りにあるコンクリート敷きの駐車場よりずいぶん安いと聞いた。

誰でも気軽に出入りできるのも難点のひとつだ。このあいだはボンネットの上で猫が昼寝をしていた。砂ぼこりで車が汚れていた時には、フロントガラスに指で「近日洗車予定」と落書きされていた。落書きの内容にまあまあセンスを感じるところが癪《しゃく》だ。

月極駐車場を出て十メートルほども歩くと、霧島が営む喫茶店の看板が見えてくる。店名はなく、ただ傘の絵が描かれている。ななめに傾《かたむ》いたその傘の絵を見るたび、わたしは父が着ていたポロシャツのマークを思い出す。みずから選択してそれを着ていたのか、それともただ漫然《まんぜん》と母から買い与えられたものを着ていたのか、それはわからない。ファッションの嗜好《しこう》について語り合えるほど仲の良い親子ではなかったが、おそらく後者だろう。父は家庭内では母の言いなり、というよりもいっさいの意思をもたぬ者のようにふるまっていた。

店名がないのはさぞかし不便だろうと思っていたが、店にコーヒーを飲みに来る客（おもに町の年寄り）はいたってシンプルに『傘』と呼んでいる。店は『傘』で、霧島は『傘の開《ひらく》ちゃん』で、わたしは『傘の子』と呼ばれている。名のないわたしにくらべて霧島が下の名前にちゃん付けなのは、彼らが古い仲だからだ。もとは霧島の父がはじめた店で、霧島のことなら生まれた時から知っている、という客も少なくない。

今日は火曜日だから定休日で、電気すらついていない。鍵付きの郵便受けに車のキーを放りこんだ。すこし考えてから、さっきセツ子さんにサインをもらった報告書も押しこんだ。建物の脇に設置された外階段をのぼる。建物の中には一階の喫茶店とつながっている階段があるが、わたしはそれを使ったことがない。

『傘』の二階は貸家になっている。現在のわたしの住まいだ。だから霧島はわたしにとって、雇い主であり、家主でもある。まず家主として知り合い、つぎに雇い主になった。

部屋に入ってまず、デニムの後ろのポケットにねじこんでいた財布とスマートフォンを引っぱり出して、椅子《いす》の上に置いた。

テレビはあるが、テレビを置くための台はない。椅子はあるがテーブルはない。グラスはあるが、皿や箸はない。いろんなものが不足しているこの部屋が、今の自分にはちょうどいい。足りないぐらいがちょうどいい。

ユニットバスにもとくに不満はない。コンロがひとつ、簡素《かんそ》な流し台がついているきりだが、どのみち料理をする気はなかったので構いはしない。

畳に仰向《あおむ》けに寝転がると、天井《てんじょう》の四角が目に入る。そこだけ色が違う。四隅に画鋲《がびょう》のあとも残っているから、前の住人がそこにポスターかなにかはっていたのだろう。どんなポスターだったのだろう。憧れのアーティスト、あるいはアスリート。前の住人は映画が好きな七十代の女性だったというから、映画のポスターかもしれない。その人は娘が暮らす街の施設《しせつ》に移るためにこの部屋を出ていったのだという。

そこにはポスターも持っていったのだろうか。施設の天井にはらせてもらえたのだろうか。今も、毎晩眠りにつく前にうっとりと見上げているのだろうか。それとももとうに日常の一部なのだろうか。届かないと知りつつ、そっと手を伸ばしてみる。顔も知らない誰かの「憧れ」の跡地に。

流し台の下からウイスキーの瓶を取り出して、グラスに半分ほど注《つ》いだ。目の高さに持ち上げて、開け放った窓の外を見る。円柱形のグラスの中に、すこしゆがんだ景色を閉じこめた。雨の匂いとともに、ぐっと飲み干す。

駅の向こう側は再開発だとかなんとかでマンションが立ち並び、大きなスーパーができて、道も広く拡張されているが、このあたりはまだ小さくて古い建物がひしめきあっている。窓からは『小島ふとん店』という看板と、長屋になっているアパートの屋根が見えた。瓦《かわら》が去年の台風でいくつか飛んで、それがそのままになっている様子も。

それらを見下ろすように立つ巨大な白い建物は、前島《まえじま》総合病院だ。最先端の医療設備に行き届いたサービス。ドキュメンタリー番組に出たことのある有名な心臓外科医までいる。清潔《せいけつ》な病棟に併設《へいせつ》されたカフェやコンビニ。このあたりの人はみんなあの病院に行く。

空っぽの胃が熱い。アルコールへの耐性《たいせい》はけっして高くない。じきに頭がくらくらして、視界が揺れ出すだろう。酔うと、昼間に見聞きしたいろんなものが遠ざかる。病院の匂い。セツ子さんの老眼鏡についていた雨のしずく。コストコはアメリカ。リチャードきなこぱん。ゆっくりと両目を閉じる。

いつのまにか寝入っていたようだった。畳の上で振動しているスマートフォンにのろのろと手を伸ばす。「霧島」という表示をたしかめてから、通話のアイコンをタップする。母だったらぜったいに無視しようと思っていた。

「もしもし」

寝とったんか、と呆《あき》れたような声が電話の向こうから聞こえてきた。

「うん」

「飲んでんのか」

「うん」

「どうしようもないな」

「どうしようもないのは今にはじまったことではないと思う」

それもそうや、と電話の向こうから低い笑い声が聞こえる。同時に、一階からごとごとと物音が伝わってきた。定休日だというのに、店に出てきたらしい。

スマートフォンを耳に当てたままわたしはグラスにウイスキーを注ぎ足した。このウイスキーは商店街の先に『酒・米・激安！』という看板を出しているリカーショップでタイムセールになっていたので買った。とくにおいしいものではない。消毒液みたいな香りがする。値段が安ければそれでよかった。ワインでも日本酒でもなんでも。

三葉ちゃーん。甲高《かんだか》い声が割りこんできて、思わずスマートフォンを顔から遠ざけた。

「三葉ちゃーん、ねー、下においでー。お肉食べよー、お、に、く」

お・に・く！　お・に・く！　リルカの声は異様《いよう》に甲高い。止《や》むことなきおにくコールは一階からも聞こえてくる。たぶん階段の下で声を張り上げているのだろう。なにを言ったかはわからないが、霧島ではない男の声も聞こえた。

「わかった」

外階段でおりて店のドアを叩《たた》くと、カーテンが開いた。リルカの呆れ顔がのぞく。

「なんで中の階段使わへんの？」

「なんとなく嫌で」

心理的な距離が近過ぎる。家みたいで嫌だ。霧島は雇い主で家主だから、距離が近過ぎるのは嫌なのだ。

「ふーん、そういうもん？」

唇《くちびる》をへの字に曲げたリルカが腕を組む。白くて太い。腕だけではなくて、全体的に太い。肌は膨《ふく》らませたばかりの風船みたいにはりがある。六月のすこし肌寒い夕方だというのに、ショートパンツにタンクトップという服装だった。

ほんとうの名前はわからない。霧島に連れていかれた『スナック　青春劇場』という面《めん》妖《よう》な名前の店のカウンターに立っていた。

「リルカでーす。二十歳でーす」

二十歳にしては老けているような気がしたが、特に指摘はしなかった。わたしは他人の年齢にあまり興味がない。

霧島は目を細めて「この子かわいいやろ」とわたしに耳打ちし、リルカはリルカで他の客の相手をする合間に短く、かつ熱っぽい視線を霧島に送り、わたしにたいしては牽制《けんせい》するような鋭《するど》い視線を送ってきた。

霧島は、先週『傘』に来た女性客に「どんな女性が好みのタイプなんですか」と問われて「スーパーボールみたいな感じの子が好きです」と答えていた。カラフルでまるっこくて元気に飛んだり跳ねたりするような子、という意味だそうだ。あれはきっとリルカのことを思い浮かべながら話していたのだろう。

「へー、そーなんですかー」

女性客はそう答えたのち、はっきりと鼻白《はなじろ》んだ表情を浮かべていた。女性客は日本全国の「レトロかわいい」喫茶店を巡って紹介するブログをやっている、と言っていた。「気に入った店はどれほど遠くてもかならず再訪する」とのことだったが、あの女性客がこの店に来ることは二度とないだろう。『傘』はレトロかもしれないが内装もメニューもまったくかわいくないし、彼女が強い興味を持っていたのは店ではなく霧島だった。

霧島はわりあい女にもてるらしい。もてる、と自分で言っていたのでそうなのだろう。特定の異性を惹《ひ》きつける体臭かなにかの持ち主なのかもしれない。

　わたしが『傘』の二階に越してきて以来、リルカはほぼ毎日ここに来るようになった。「三葉ちゃんと仲良くなりたーい」と身をくねらせているが、霧島とわたしが必要以上に接近しやしないかと警戒している気配がびりびりと伝わってくる。

　霧島が喫茶店を営む傍《かたわ》ら、ひらたく言うと便利屋みたいな「しごと」をはじめたのは、今からちょうど二年前のことだという。

　わたしが雇われたのは、今年の三月のことだった。桜が咲く美しい季節だったが、例のウイルスの影響でそれを見上げる人は、ほとんどいなかった。ついでにわたしの「しごと」もあまりなかった。

　あんたを「しごと」にスカウトしたい、と霧島は言った。しごと。ひらがなの発音だった。自分がそれまでしてきた「仕事」とは似て非なるもののように感じられて、それでまず興味を持った。

「おう、おつかれ」

　厨房《ちゅうぼう》から姿を現した霧島は、ホットプレートを手にしていた。リルカがスナックのお客さんから高級な肉をもらったので、みんなで食べようということになったのだと聞かされる。

　カウンター席に腰掛けていた若い男が、わたしに向かって会釈《えしゃく》をした。無言のまま同じ動作を返して「この人誰?」と指さす。なぜか霧島もリルカも答えない。肉の話ばかりしている。聞こえなかったか、この男がわたし以外の人の目に見えていないか、どちらかだろう。

「田島セツ子さんのとこ、行ってきた」

「うん」

報告書には目を通すだろうが、いちおう口頭でも伝えておく。霧島はたいして興味があるふうでもなく、ふんふんと頷《うなず》いている。

霧島の「しごと」の利用者は、たいてい『傘』の常連客だ。身寄りがなかったり、あっても忙しかったり、遠方に住んでいたり。

でもセツ子さんが店に来ているのは、一度も見たことがない。セツ子さんの娘さんがどこかで「しごと」のことを知って連絡をしてきたと聞いている。「とりあえずひとりで行ってきてくれ」と地図を渡されて、わたしひとりであのリチャードきなこぱんのいる家を訪れた。

「霧島さん、茄子《なす》もある?」

わたしと霧島のあいだにわりこむようにして、リルカが言う。

「うん、玉ねぎもいっぱいあるよ」

「わーやったー」

はじめて会った頃は「霧ちゃん」と呼んでいた。関係の深さを呼び名で測《はか》るのは難しい。リルカが霧島にしなだれかかりながら、大好きだのすてきだのと甘えた声を発している。霧島は照れるでもやにさがるでもなく、にこにことリルカを見下ろしていた。カウンターの若い男はそれを口をぱくぱくと開けたり閉めたりしながら見ている。

霧島は以前「あんた俺が高校生の時に生まれたんか」とわたしに言った。だから今は四十代前半だと思う。二十歳というのはあきらかな嘘だとしても若いことにはかわりないリルカと霧島は、けれどもれっきとした恋人同士なのだった。

霧島の外見、とくに灰色の髪と浅黒い肌や長い睫毛《まつげ》は『傘』につどう老人たちからは「映画スターばりの色男」と古臭い言い回しで賞賛《しょうさん》されているのだが、わたしは霧島のことを４Ｂの鉛筆で描いたような外見だと思っている。つまりは、とても濃いということ。４Ｂ。触れたら指が染まる濃さだ。

霧島の祖父は昔このあたりいったいに畑を持っていて、街が再開発される頃にどんどんそれらの土地や山を売ったり、あるいは貸地にして財産を増やしていった。

現在も駅前の駐車場とアパート二棟を所有している。『傘』だって、もともと霧島の父が道楽ではじめた店だった。つまり霧島は生まれてから一度もお金で苦労したことがないという人種なのだ。

鼻持ちならない、と感じるわたしもまた、ほんとうの貧しさを知っているとは言いがたい。子どもの頃からお金がなくてつらい、と感じた記憶がない。それはきっと信じられないほど幸福なことなのだろう。今はお金がないが、使いもしないので特につらいということもない。

霧島の自宅の前を通りかかったことがあるが、むやみに大きかった。玄関だと思っていたところが勝手口で、塀が高すぎて中の様子はほとんどわからなかった。霧島自身は数年前までどこかに勤めていたが、父親が死んで不動産等をすべて相続した今は喫茶店と「しごと」だけをやっている。どちらにも暇《ひま》つぶしの雰囲気が漂うのは、生活のために働いているという意識の欠如《けつじょ》が原因だろう。

ホットプレートに肉や玉ねぎやピーマンが並べられる。脂《あぶら》の溶ける甘い匂いが店内に立ちこめた。

「三葉、飯は」

ふたたび厨房に戻った霧島が、炊飯器の蓋《ふた》を開けて振り返る。

「いらない」

そうか、と頷いて桃色の碗にごはんをよそいはじめる。わーい、とはしゃぎながらその碗を受け取ったリルカはわたしに「白ごはんなしで焼き肉食べるのきびしくない?」と眉《まゆ》をひそめた。

「きびしくないよ」

「なに? 遠慮してんの?」

「してない。食べたかったら食べるって言う」

こういう話何度目だろう、と思いながら、わたしはそれでも辛抱強く答える。わたしが「いらない」と言う時はほんとうに心から「いらない」と思っている時なのだ。何度もそう説明しているはずだが、霧島はともかくリルカにはまったく理解してもらえる気配がない。

「ほら、マキヤくんもおいで」

「あ、はい」

カウンター席の若い男が安堵《あんど》したように立ち上がる。声や動作は、若いというよりはおさない。マキヤという名前なのか。とりあえず自分の目にしか見えない存在ではなかったことにわたしもおおいに安堵した。どこかで見たような顔だが、思い出せない。

「三葉、紹介するわ。この子、小山《こやま》さんとこのお孫さん」

エバラ焼肉のたれ(甘口)を小皿に注ぎ入れながら、霧島はついでのように紹介する。

「小山真樹也《まきや》です。ああ、やっと言えた」

ご丁寧に、紙ナプキンに書いて自分の名前を教えてくれる。大学生だという。

「三葉です」

はじめまして、と歯を見せて笑う顔に、ようやく白い上っ張りを着た店員の顔が重なった。ああ、と大きく頷く。駅の向こうにある『回転寿し こやま』で見かけたことがあったのだ。家の手伝いをしているのか。

リルカが「あそこのエビとアボカドのお寿司、最高やな」と言い出して、しばらく寿司の話が続いた。トロウニイクラ云々《うんぬん》。鉄火巻サラダ巻胡瓜巻《きゅうりまき》云々。

「いやいや、やっぱりたまごやろ」

「わかるー、たまごもおいしいー」

「でもやっぱ売り上げはきびしっす」

真樹也は眉を八の字にしたり肩をすくめたりしながら、きびしっす、きびしっす、と計三回きびしっすと言った。

「どこもきびしいな」

霧島は気の毒そうに頷いている。スナック勤めのリルカも、店がずっと休業していたので収入がなくて、家でじっとしていたせいで体重が増えたと怒っていた。

「それもあるんですけど、去年近くに『スシモン』ができて以来、ずっとぎりぎりで」

大手回転寿司チェーンの名が出たので、今度は「個人営業のきびしさについて」の話が延々と続いた。わたしは厨房の冷蔵庫から出したビールを勝手に飲みながら、その話が終わるのを待つ。まさかこんなどうでもいい話をするために一階に呼ばれたわけではあるまい。

「でな、三葉。今度、小山さんとこの奥さんが入院するんやて」

霧島の言葉に、真樹也が胸に両手をあてる。話がようやく本題にうつったことにたいする喜びをあらわしていたようだが、そのポーズは教科書に載っていたフランシスコ・ザビエルの絵にそっくりだった。歴史の授業中に前の席の生徒の寝ぐせに気を取られて先生に名を呼ばれたことに気づかず叱《しか》られたことを思い出していたせいで、わたしは霧島の話の冒頭を聞き逃した。

「三葉ちゃん、そういうとこあるよな」

聞き逃したことを伝えると、リルカが心からいやそうに顔をしかめた。霧島はちょっと困ったように自分の恋人の背中に手を置き、あらためて話しはじめた。

「奥さんっていうのは、真樹也くんのお母さんちゃうねん、祖母の小山千穂子《ちほこ》さんや、っていう話。わかったたか?」

「わかった」

ばあちゃんはあの、持病のあれがちょっとあれらしくて、という言いかたを、真樹也はした。さっぱりわからない。ばあちゃん、と言っても千穂子さんはまだ六十代だ。このたび持病のあれをあれする手術のために入院することになったという。

千穂子さんは夫とはすでに離婚しており、今は息子が主体となって店を営んでいる。これがつまり真樹也の父なる人だ。真樹也の母のほうは店の運営には一切関与していない。看護師として前島総合病院の外科外来《げかがいらい》で働いている。今回千穂子さんが入院するのも前島総合病院だ。

「つまり俺以外の家族全員、働いてるわけですよ」

現在大学生である孫の真樹也が入院の付き添いを、という話に当然なったが、当の千穂子さんが強硬《きょうこう》に反対している。

「なんで？」

リルカが焼けた肉をまず真樹也の皿にのせ、つづいてわたしの皿にのせる。いらない、というわたしの発言はやはりあっさりと黙殺《もくさつ》された。

真樹也が「お前は粗忽《そこつ》やから、と言われました」と肩をすくめてから、肉を口に入れた。あっつ、と顔をしかめたので納得した。なるほど粗忽だ。

「それで、霧島さんのとこに頼むことになって」

件《くだん》の回転寿司の店で何度か千穂子さんの姿を見たことがある。てきぱきとビール瓶を運び、ものすごいスピードでレジを打っていた。

「お金で雇った相手なら躊躇《ちゅうちょ》なくものが頼めそうだし、文句も言えそうだし、『傘』の子に依頼しよう」

千穂子さんと喋ったことはないが、その発言を聞く限り、合理性を重んじる女性なのだろう。通院に付き添う、入院中にお見舞いに行く、という「しごと」は、ともすれば疑似《ぎじ》家族のような振る舞いを要求されることもある。そうしたウェットな感情労働を要求する人々とわたしの相性は、当然のごとく悪い。千穂子さんについてはその心配はなさそうだった。

前島総合病院では、四月から入院患者の面会が禁止されていた。六月から一部解除になりはしたが、一回につき三十分以内、十五歳以上の者、と制限されている。入り口で検温し、胸に『許可証』と書いたシールを貼らなければならない。

千穂子さんについては、毎日差し入れを届けたり、洗濯物を預かったりするだけでいいと言う。あとは退院の日に迎えに行くだけだそうだ。

はっきり言って、「しごと」は楽しいものではない。延々と続く身の上話に耳を傾けなければならないこともあるし、唐突に唾を吐きかけられたこともある。残念だが「金を払った相手ならどう扱ってもかまわない」と思う人間は一定数存在するのだ。

リルカがまた焼けた肉をわたしの皿にのせようとするので、急いで皿をひっこめた。

「もう食べない」

「ぜんぜん食べてないのに」

お酒ばっかり飲んで、ちょっとは食べないと死んじゃうよ、とリルカは頬《ほお》を膨らませる。

「食べてるよ」

隣にまわりこんできて、自分の腕とわたしの腕をぴったりくっつけた。あたしの半分ぐらいの太さしかない、なんか腹立つ、めっちゃ腹立ってきた、なんなん三葉ちゃん、と頭から湯気《ゆげ》を出しそうに憤慨《ふんがい》している。

「ふっくらしてるぐらいの女の人のほうが健康的でかわいいと思う男は多いっすよ」

真樹也がいらぬ口をはさんでくる。ふっくらした女を健康的でかわいいと思うのはおそらく真樹也自身なのだろうし、だったら男はではなく俺は、と言うべきだ。むやみに主語を大きくするべきではない。

「いや主語がどうであれ」

「シュゴ……？」

頭の中で漢字をあてはめられなかったらしく、真樹也はぼんやりとわたしの顔を見つめている。

「他人の好みに合わせて太ったり痩《や》せたりするわけにはいかない」

自分の身体やから、とわたしが続けると、真樹也はしゅんと肩を落とした。

「すみません」

「謝る必要もない。そっちが思ったことを言うたようにこっちも思ったことを言うた、それだけ」

「気にするな、こいつはいつもこうなんや」

霧島が真樹也の背中をぽんと叩く。

「そうなんすか」

「そうや。なあ、三葉」

おどおどと上目遣いをする真樹也と同意を求める霧島に向かって一回ずつ頷く。

「怒らせたのかと思って」

粗忽なだけでなく、小心者でもあるらしい。ほんとに怒ってないですか、だいじょうぶですか、と何度も確認してくる。いよいよ面倒になって、無言でうんうんと頷いた。

視線を落とすと、いつのまにかわたしの皿にほどよく焼けたピーマンと肉がのせられていた。

リルカが「してやったり」とでも言いたげにニヤついている。冷めるまで待ってから、なかばやけになってそれらを口に入れ、飲みくだした。肉の脂が喉《のど》にからみつくようで、飲みこむのに苦労した。

「そうそう、食べなあかんで」

満足そうにわたしを見て、リルカはごはんのかたまりを口に入れた。頬がまるく膨らんで、リズミカルに動き出す。

「ふだんはなに食べてるんですか」

あきらかに及び腰ながらも、真樹也はなんとかわたしと会話しようと努力している。祖母の世話を頼む相手だから印象を悪くしてはならない、とでも思っているのかもしれない。実際のところ依頼主がどれほど無礼であろうと自分の勤務態度にはなんら影響しない、とわたしは思っているのだが。

「ビスコとか」

「お菓子じゃないですか」

会社を辞めるすこし前から、湯気の立つ食べものを食べなくなった。食べないようにしてきた。わたしがわたし自身にあたえた罰だ。

「ごちそうさまでした」

食事は終わったし、依頼内容も把握《はあく》したので、自分の部屋に戻りたかった。ただそれだけのことなのに、やはり真樹也は「え、なんで、いきなり、やっぱ怒ったんすか」と動揺《どうよう》している。

「いや、こういうやつなんやって、三葉は」

面倒くさそうに説明している霧島の声を背中で聞きながら、店の外に出る。まだ雨が降っていたらしく、濡れたアスファルトに、行き過ぎる自転車のライトが白く滲《にじ》んでいた。


今年の二月までは損害保険会社に勤めていた。経理事務の仕事だった。会社の近くに借りていたアパートは古くて、去年とりこわされた。新しい住みかとして選んだのが、この『傘』の二階だった。

「変わった物件やねんけどな。ユニットバスもついてて、ただキッチンが……料理、あ、せえへん？　まったく？　あ、そう、そんならええわ。とにかく家賃が安いよ、ここは。一階が喫茶店やからコーヒーが飲みたくなったらすぐ飲めるしな」

ちなみにここからも近い。尾瀬《おぜ》さんはそう言って、『尾瀬不動産』から徒歩数分の『傘』

にわたしを連れて行った。駅前の大きなピカピカした不動産屋を通り過ぎて、つたのからまる薄暗いビルの一階の『尾瀬不動産』に入ったのは、物件がすくなそうだと思ったからだ。膨大な選択肢の中からなにかを選ぶのは、体力を要する。『尾瀬不動産』の事務所は建物の外観から想像したとおり古く、狭く、けれどもきれいに片付いていた。丸顔のおじさんが出てきて、ここは自分ひとりでやっている会社なのだと訊《き》いてもいないことを言ってきた。

物件を見た日も、契約書にサインをした日も、尾瀬さんはわたしを『傘』に誘った。わたしが引っ越してきた日も、段ボールを運び入れるわたしをめざとく見つけて「引っ越し祝いだ」と称して、『傘』でコーヒーとサンドイッチをおごってくれた。たいした話はしなかった。天気がどうとか、野球がどうとか。

そんなことを思い出しながら二階に戻り、ふたたび畳に寝転がる。

家主の霧島とは会えば挨拶《あいさつ》ぐらいはしたが、ほとんど話はしなかった。ひとりで『傘』に行くこともなかった。老人がたむろする店、という認識だった。

あの日は、曇っていた。「雨もしくは雪」という天気予報に「嫌だな」と思ったことを覚えている。『尾瀬不動産』の前を通りかかったら、入り口に「忌中《きちゅう》」という張り紙がしてあった。『傘』に顔を出し、そこで尾瀬さんが亡くなったことを聞かされた。

酔っぱらって歩道橋から落ちたのだという。みずから歩道橋の柵《さく》を乗り越える姿を見た、と言う人もいるらしい。

「遺書、とかは」

自分の声を他人のもののように聞いた。遺書なんていう言葉を実際に口にするのはもしかしたら人生ではじめてだったかもしれない。

「なかったみたい」

霧島はそう答えて、テーブルにコーヒーカップを置いた。ふたつ。

子どもの頃に聞いた怪談話を思い出した。三人でレストランに入ったら、なぜか水が四つ出てきたというやつ。三人のうちのひとりに霊がついていた、という内容だったが、その三人および霊が最後にどうなったかは覚えていない。

尾瀬さんがいるのだろうか。正面の無人の椅子を眺《なが》めたが、なにもわからない。

「尾瀬さん、どうして」

そう話しかけてみようとしたが、無理だった。わたしは幽霊を信じない。見えないのに、そこにいる態《てい》で話しかけるなどという芸当はとうていできない。だいいち芝居がかっている。

遺書らしきものはなかった。尾瀬さんには借金があったがそれは会社の設備投資のためのもので、返済や資金繰りに苦労していた様子も見受けられなかった。子どもはとうに成人していて家庭があり、奥さんとも仲が良く、自宅には寝たきりの母親がいたが、夫婦で協力して介護を続けていたという。

「死はいつもそばにある」

霧島は、そういう言い方をした。そばにある、それはたとえば道路の側溝《そっこう》みたいなものなのだから、うっかり足を取られてしまうこともある、と。

「そういうものでしょうか」

「うん」とも「ううん」とも聞こえる曖昧な返答をしたのち、『傘』の店主は「あんた、ぜんぜん泣かへんねんな。尾瀬さん死んだのに」と首を傾げた。

「泣きません」

泣いたり「自分にもなにかができたのでは」と思い悩んだりするほど、わたしと尾瀬さんとのかかわりは深くも長くもなかった。だから泣かないというよりは泣けない。そう説明すると、霧島は「それは、ええことやな」とかすかに笑った。

「なにがどういいんですか」

「必要以上の感傷は人生の荷物になるから。知り合いが死ぬと、あの人はいちいち泣く。それが人道的やから。母ならきっとわたしを詰《なじ》る。ええことや」

なふるまいであると思っているので、たぶん悲しくなくても、むりやり涙をふりしぼって泣き、わたしをつめたい娘だと責めたてるだろう。

「泣きはしませんが、尾瀬さんにもう会えないということはさびしく思います」

『傘』の店主は銀色のトレイを小脇に抱えたまま、そうやなあ、と呟《つぶや》いた。

「一緒にコーヒー飲んだ不動産屋のおじさんがおったよなって、たまに思い出してやったらええよ」

あらためて手元のコーヒーカップに視線を落とした。

最初に連れてこられた日に、アイスコーヒーを注文しようとしたら尾瀬さんにとめられたことを思い出した。

「あかんで、冷たいものばっかり飲んだら内臓が疲れるんやで」

尾瀬さんはそう言い張って、むりやり注文をアイスからホットに変えた。こんな赤の他人の、尾瀬さんとなにを話したかもろくに覚えていないわたしの内臓の具合を真剣に心配してくれた人だった。コーヒーとサンドイッチで引っ越し祝いもしてくれた。深くも長くもないかかわりであっても、それをずっと覚えておくことはできる。

口をつけてみたら、コーヒーはまだ温かかった。霧島がわたしの正面に置いたコーヒーカップを持ち上げてごくごく飲みはじめた。

「それ、尾瀬さんのぶんでは？」

「言うてるやん、尾瀬さんは死んだって」

「そうですけど……」

お供え的なものだと勝手に思っていたのに、違った。

「死んだらもう、コーヒーは飲まれへん」

霧島の笑い声が湿っていたから、ああこの人はかなしいのだな、とわかった。共感したという意味の「わかった」ではない。ただ理解した、ということだ。


今年のはじめに同僚の星崎《ほしざき》くんが会社を辞めるという事件（わたしにとってそれは事件だった）があり、そのあとすぐにわたしも会社を辞めることにした。わたしの退職理由については、今は一身上《いっしんじょう》の都合としておく。退職願にもそう書いたし。

自分はこの場所に向いてないのかも、という感覚を積木《つみき》のように重ねていく毎日だった。ある時その不安定な積木の塔《とう》ががらがらっと崩れ、スマートフォンの上で指が勝手に動いて「退職願　書き方」と検索していた。

霧島とは、しばらく顔を合わせなかった。『CLOSE』の札《ふだ》がかかっている日が多かった。

三月の下旬のことだ。

　世情的にのんきなムードでは一切なかったが、無職のわたしは誰もいない公園のベンチにぼうっと座ってビールを飲みながら、星崎くんのことを考えていた。元気かな、元気だったらいいな、というようなことを。連絡先を知らなかったので、本人に元気ですかと訊くことはできなかった。

　ちょうどよく酔って、ちょうどよくぼんやりしている時に、背後からいきなり「こんにちは」と声をかけられたのだ。よくわからない柄のシャツのボタンを三つぐらい開けた、ラテンな着こなしの男が霧島であると思い出すのにすこし時間がかかった。

　牛乳が切れたから買ってきたところだという。霧島は白いレジ袋をぶら下げていた。店主はわたしがベンチに置いていたビールの缶をひょいと持ち上げた。

「酒やったら、うちで飲んでいったら？」

「閉まってますよね、今」

「表向きはな」

　人生にはー酒が必要な時がーあるんやでーと歌うように言う人に連れられ、わたしはひさしぶりに『傘』を訪れた。常連客らしき老人がひとり、カウンターで「遅いで開ちゃん」とむくれていた。

「あの人、行くところがないねん、ほかに」

霧島に耳打ちされ、わたしはカウンターでカフェオレを飲んでいる老人を見つめた。老人はわたしの席に近づいてきて、ちいさな最中《もなか》をくれた。餌付《えづ》け、という言葉が頭に浮かんだが、一メートル以上は近づいてこなかった。そーしゃるですたんす、としきりに言っていた。

必要以上の感傷は人生の荷物になる。この言葉をこれから自分は何度となく思い出すかもしれない。ビールと最中という気色の悪い組み合わせを口の中でためしながらそんなことを考えていた。

「あんたもしかして会社クビになった？　最近いつも二階におるけど」

いよいよ酔ってぼんやりしているわたしのすぐ傍《そば》に、霧島が立った。会社の「えらい人」はたいていおじさんだし、おじさんは「察して動く」ことだけを「かしこい」「できる」と判断しがちだし、あんたはそういうタイプではなさそうだから、とのことだった。

「辞めました」

「お、それはええな」

霧島は咳払《せきばら》いをひとつして「ほんなら、あんた、『しごと』せえへん？」とまじめな顔になった。

「しごと」について一言で説明するのは難しい。霧島はその時言ったが、大きく分けるとその業務は三つしかなかった。ちっとも難しくなどない。大げさな男だなと思った。

ひとつは移動手段のないお年寄りの通院の送迎。ふたつめはお見舞いの代行。依頼者が仕事等で忙しい場合に、依頼者にかわって親族等を見舞う。みっつめ、それに付随《ふずい》するその他もろもろの雑用。

もともとは、喫茶店に来た身寄りのない男性が入院し、世話をしたことがきっかけだったらしい。退院の際に、男性は霧島に謝礼を渡したがった。辞退したが「お金を払うことでかえって気が楽になる人もいる」と思い直し、受け取った。それが「しごと」のはじまり。男性の口から噂《うわさ》が広がって、以後も似たような依頼をされることが増えた。要するに老人向けの便利屋みたいな商売で、年をとるとたいてい身体のどこかが悪くて、病院に送迎するような仕事がどうしても多くなるという話だった。

「今ちょっと、人手が必要でな」

テーブルからカウンターに移動したのち、わたしは霧島からそれはそれは熱心な勧誘を受けた。

「できれば女」

「なんでですか？」

「何歳になっても女は女や、そうやろ?」

身寄りのない女性が着替えを手伝ってもらったり、あるいは洗濯ものを預けたりする時、男と女ならどっちに頼みたいと思うか、と訊かれて、わたしは「なるほど」と頷いた。

「家賃も下げてやる。住宅手当の代わり」

それが決めてだったわけではないが、わたしは「しごと」を手伝うことに決めた。

霧島はその時わたしが会社を辞めた理由についていっさい訊かなかった。うまく説明する自信がなかったから、訊かれなくてほんとうによかった。同僚だった星崎くんのことはきっかけのひとつではあるかもしれない。でも、それだけではないから。

「リルカを雇えばよかったのに」

一度そう訊《たず》ねたことがある。霧島はよほど驚いたらしく「とんでもない」と顔の前で手を振ったのち、激しく咳きこんだ。

「あんなやさし過ぎる子に病人の相手なんかさせられるわけがない」

誰かと喋っているとすぐに「わかるー」と言ってしまう、異様に共感能力が高くて涙もろいリルカの心はそんな仕事に就いたらすぐに潰れてしまう、と心配しているらしい。

「その点、あんたはこういうのに向いてそうやったから」

他人に共感もしないし、感情移入もしない。わたしは昔からそういう人間だった。それを「ええこと」と肯定した人間は霧島がはじめてだったが。

外ではまた雨が降り出したようだ。窓を開ける。暗がりに降る雨は銀色の針のように、時折光ってはまっすぐに空と地面とをつなぐ。

さあさあ、と雨の音は聞こえる。

「あなたが生まれたのは、雨の夜。ほんとうに静かな雨の音やった。世界が一枚の布にやさしくしっとり包まれているみたいな、とってもあたたかい素敵な夜」

神さまにお祈りをするように胸の前で両手の指を組み合わせてそう語る母の陶酔した顔を思い出していると、胃のあたりがずしりと重くなった。

「せやから、あなたの名前は『雨音《あまね》』なんよ」

その話を聞かされた翌日、わたしは友人たちに「今日から名字で呼んでほしい」と頼んでまわった。あの頃も今も、母の思いがこもった名など足枷《あしかせ》でしかない。

畳の上で振動をはじめたスマートフォンの存在に、今は気づかないふりをする。ただ、雨を見ることに専念した。やさしい布のようでもなく、あたたかくもない。雨はただの雨で、だからよかった。

## 2020年7月

霧島の店から歩いて数分のところにあるリカーショップは、もとは書店だったらしい。わたしはもともとこのあたりの住人ではないからまったくわからないが、霧島や喫茶店に来る老人たちは街に新しくなにかができるたびに、もとは何々の店があった、あるいは畑だった、というような話で盛り上がる。

小山千穂子さんもそういうタイプの人だ。今日もそうだった。面会室に入ってくるなり、この病院ができる前は巨大な工場があって云々という話をしていた。小学生の時分にその工場の敷地に入ってゴム跳《と》びをして遊んだ話から今の子は遊ぶ場所がないからかわいそうやねえとため息をつき、わたしがなにか答える前に、まっ、でも時代は変わっていくもんやからね、と強引かつ雑に話をまとめた。

相槌《あいづち》があってもなくても、千穂子さんはかまわないようだった。入院生活というものは、お喋りが好きな人にはよほどこたえるものらしい。

わたしが着替え等を持って現れると、ひとりでべらべら喋り続ける。昔よく喋る人を「機関銃のように」喋ると描写した文章を読んだ時いくらなんでも大袈裟《おおげさ》だろ、人死ぬぞ、と思ったのだが、今はあながち大袈裟でもない気がしている。いきおいが良すぎる喋り声は他人の生命力を確実に奪《うば》う。

今日は隣のベッドの患者がずっとカーテンを閉め切っていることを気にしていた。「あんまり具合がよくないんかしら、な、どう思う？　三葉ちゃん」と耳打ちしてくる。うるさくしたらあかんな、と遠慮しつつも「黙る」という選択肢はないようだった。

それにしても千穂子さんの記憶力には恐れ入る。今日は顔を合わせるなり「あら、おとついと同じ服！」と指摘された。そのとおりだったたから「そうですよ」と答えて黙っていた。

「あら三葉ちゃん怒ったん？　ごめん、ごめんて」

「怒ってはいないので、謝罪の必要はありません」

そんな会話をしたことを思い出しながら、リカーショップの通路を歩きだす。すこし考えてから、近くにいた女性の店員にことわって、持参したスーツケースをサッカー台の脇に置かせてもらうことにした。広告の品、と赤い文字で書かれたＰＯＰの下から、ビールの箱を持ち上げた。以前この段ボールで手を切ったことがあるから、慎重《しんちょう》に。なかなかに重いそれを抱えたら、もう他の商品を見る気がしなくなった。品揃えが豊富すぎる店に入ると、わたしはいつもひどく疲労する。たくさんの選択肢はいらない。いっそひとつの品目につき一種類のみ置いてくれたらいい。たとえば魚ならば今日はアジ、肉ならば鶏も肉、といった具合にだ。

「選ぶ」という行為は存外労力を要する。

店内には他の客の姿はなく、レジではさきほどわたしが声をかけた女性とは違う、若い男性の店員が暇そうに虚空《こくう》を見つめていた。

「あ、ども」

店員が親しげに頭を下げる。いらっしゃいませ、ではなく、知り合いにするような挨拶をされて、まじまじと顔を見つめる。前にも接客されたのだろうか。それとも他のどこかで会ったのだろうか。たとえば、病院とか。

サッカー台で段ボールを開封し、スーツケースにビールを放りこんでいると、背後で店員が笑い声をあげた。

「スーツケース持参で来る人めずらしいですよ。前も言いましたけど」

ようやく、以前この店を訪れた時も同じようなやりとりをしたことを思い出した。

「便利ですよ、スーツケース」

「いやでも、変わってますよね」

店員がしつこくスーツケースに言及する意図が理解できぬまま、スーツケースのファスナーを閉めた。重いものを運ぶのに便利だし、ちょっとしたテーブルがわりにもなる。

「変わってるってよく言われるでしょ?」

「いいえ、わたしは変わってません」

「いやいやお客さん変わってますよ」

多くの人は「みんな違ってみんないい」というような言葉を好む。でもそれはたいてい「みんなと違う自分を『個性』として受け入れてほしい」という場合に使われる。他者が自分の好まない習性・特性を持っている場合に使用する人は少ない。それがいけないと言いたいわけではない。他者を受け入れるということ、他者から受け入れられるということの困難さを思うだけだ。

外に出たら、なまぬるい風が吹いた。七月にはいってすぐに気温の低い日が続いていたが、今日はずいぶん暑い。Tシャツの首に汗が滲む。寒暖差が激しいのは困るな、と思いスーツケースを引きながらてくてく歩いていく。寒暖差が激しいと体調を崩しやすくなる。だから困る。

霧島はわたしの体調を毎日気遣う。痛いところはないか、昨日はよく眠れたかと。それはわたしのためではない。へんな菌やウイルスを抱えて「しごと」に行き、依頼者に迷惑をかけることを心配しているのだ。

オパビニア。ディメトロドン。ダンクルオステウス。ディプロカウルス。思いつくかぎりの古生代や中生代の生物の名を指折り数えてみる。思ったより出てこなかった。子どもの頃に図鑑で覚えた。てきとうにメロディーをつけて歌っていたら母に聞かれて「なんで恐竜なんか好きなん」といやな顔をされたことがある。オパビニアは恐竜ではない、と反論したが、聞いてくれなかった。

女の子なのに恐竜なんて、というような理由ではなかったはずだ。母である自分がまったく興味のないものに娘が興味を持つということが、とにかく我慢ならない人なのだ。

オパビニア。ディメトロドン。ダンクルオステウス。ディプロカウルス。ひとりでいるのはいい。どんな鼻歌を口ずさんでも、誰にもなんにも言われない。

明日は千穂子さんの退院の日だから、朝早く家を出なければならない。

『回転寿し　こやま』にわたしが顔を出すと家族全員カウンターからわらわら出てきて千穂子さんの様子を聞きたがる。今日はどうだった、元気だったか、飯は食っていたか、などと。

彼らのにぎやかさ、ひとつのかたまりのような雰囲気が、いつもまぶしい。正視できなくて困る。

わたしの目の前を緩慢《かんまん》な速度で通り過ぎていった自転車が、数メートル先でガシャンと音を立てて倒れた。マンホールの縁《ふち》ですべったようだ。カゴに押しこまれたエコバッグから食パンの袋が飛び出してアスファルトに転がる。わたしはそれを拾い上げて、倒れたまじっとしている女性に近づいた。

「だいじょうぶですか」

しゃがんで声をかけると、女性の頭がかすかに動く。白髪交じりの髪が揺れる。

「ちょっとめまいがして、すみません」

女性はわたしを見て「あっ」と小さく叫んだ。

「三葉さん……？」

誰ですか？　と思いながら、わたしは女性の顔を黙って見つめ返す。女性がマスクをはずして見せた。

「星崎です。星崎聡司《そうじ》の母です」

「……ああ」

そうだ、星崎くんのお母さんだ。自転車を起こしながら、ようやく思い出した。勤めていた頃に一度、それから星崎くんが退職した直後に一度、わたしはこの人に会っている。

自転車で転んだ星崎くんのお母さんは腕を痛めたらしかった。顔をしかめてしきりに左手をさすっている。

「病院に行ったほうがいいですよ」

「そうね」

自転車のハンドルを持とうとして、うっと呻《うめ》く。よほど痛いらしい。

行きがかり上、かわりに自転車を押して歩くことを申し出た。リカーショップに引き返して、スーツケースを預ってもらえるかと頼んだ。店員はまた「変わってますね」と言ったが、あっさり引き受けてくれた。星崎くんのお母さんは「すみませんね、すみませんね」としきりに恐縮しながら隣を歩き出す。家に保険証があるというので、ひとまず星崎家を目指した。

引っ越しをしていなければ、あそこで間違いないはずだった。わたしは人の顔はすぐ忘れるが、道順は一度で覚えられる。星崎くんとお母さんは、古い団地でふたり暮らしをしていた。

「今、お仕事の帰りですか」

「ええ」

たしかスーパーでレジを打っている、という話だった。これも転職していなければ、ということになるが。

遠い昔のことのように感じられるが、実際にはまだ一年も経《た》っていない。

星崎くんは会社のみんなにホッシーと呼ばれていた。社内でそのあだ名を耳にせぬ日はなかった。「もう、ホッシー」とか「おいおいしっかりしてくれよホッシー」とか、女も男も老いも若きも、みんなホッシーホッシーだった。

いじられキャラ、と言う人もいた。星崎くんは毎日のようにささいな失敗をした。漢字を読み間違えるとか、コーヒーをこぼすとか、電話をとる時に「はい、○○海上でござる」と言ってしまうとか、そういうことだ。

みんなが喋っていてどっと笑うタイミングで、星崎くんはいつもワンテンポ遅れた。社内を歩く時、机や観葉植物によくぶつかった。

星崎くんは身体が弱かった。しょっちゅう風邪や胃痛などで欠勤した。損保の仕事に向いていないのではないか、とこそこそ囁《ささや》かれていた。でもわたしの見立てでは、星崎くんは組織で働くこと自体に向いていなかった。

彼にはもっとこう、こつこつと自分の技を極めるような、職人的な仕事のほうが向いているような気がしていたが、具体的なジャンルは思い浮かばない。とにかく、ものすごくまじめな人だった。職場の防災訓練などの誰もがいい加減に済ませようとする行事も常にひとりだけ真剣勝負なのだ。ほんとうに火災が発生したかのように張り詰めた顔と声で全員を避難経路に誘導し、救命講習では人形に「だいじょうぶですか」と声をかける様子がじつに真に迫っていて、それを見た会社の人たちは肘《ひじ》でおたがいをつついてクスクス笑いあった。

それから忘年会の最中に、星崎くんが突然嘔吐《おうと》したことがあった。

「食えよ、ホッシー。若いんやから」

星崎くんの隣に座っていたのは、わたしたちより二年先輩の男だった。サラダとか、唐揚げとか枝豆とか、そういうものをどんどん星崎くんの皿にのせていった。

「もういいです、おなかいっぱいなんで」

星崎くんがあわてて手を振ると、ますます料理が追加された。

「お前、飯食わんからいつまでもそんなガリガリのままやねんて」

「ほんま。わたしより体重軽そう」

他の女子社員がそれに加わった。

「写真にうつる時隣に来んといてな、わたしが太く見えるから」

「デートの時に自分より食べへん男の人ってひくよな」

「わかる！　めっちゃいや！」

誰もがすこし酔っていて、頬が上気していた。星崎くんにかまう時は、みんなそんなふうに瞳がきらきらしていた。皿の上に盛られ、かき混ぜられ、残飯のようになったそれを、星崎くんは目を伏せて口に押しこみ続けた。わたしはそれを、黙って見ていた。

ただ黙って見ていたのだ、わたしは。鈍《にぶ》い胃の痛みとともに思い出す。

みんなの興味が部長の再婚話に向いた時、星崎くんは耐えきれなくなったように嘔吐した。全員「うわあ」と顔をしかめて、星崎くんから離れた。話の腰を折られた部長が「お前、大学生じゃないんだからさあ」と顔をしかめた。

「自分のペースを考えて飲みなさいよ」

「ていうかせめて、トイレで吐いてくれへん？」

「ホッシー、お前さあ」

星崎くんは一滴も酒を飲んでいなかった。「体質的に飲めないんです」と断ったことを誰もが知っているのになにも言わなかった。わたしもだ。

「すいません。……みなさん、すいません」

頭を下げながら自分の吐いたものを片づける星崎くんを手伝ったのは、店員の他にはわたしだけだった。

「今日は帰ります」と頭を下げた星崎くんを引き留める人はいなかった。

「気をつけてねー」

「もう吐くなよー」

目も合わせずに、にこにこ笑って言っただけ。

急いで星崎くんの後を追った。ふらふらと歩いているところを「タクシーに乗ろう」と引き留めたが、星崎くんは力なく笑って、首を振った。

「また吐くかもしれへんから、タクシーはやめとくわ」

しかたないので歩いてついていくことにした。

その道すがら、星崎くんはよく喋った。父親がタクシーの運転手だったことや、その父親が星崎くんが小学生の時に病死したことや、その後母親が自分を育てるのに、（おもに経済的に）苦労をしたこと。高校を卒業して働こうと思っていたが母親から勧められて奨学金《しょうがくきん》を受けて大学に入ったことなど。はじめて聞く話ばかりだった。

途中の公園で休憩をした。息が白くなるような気温だったのに、星崎くんはつめたい緑茶を選んだ。

「なんでかな、僕、湯気の立つ食べものとか飲みものが苦手やねん」

「昔からそうなん?」

「いや」

星崎くんは目を伏せて、就職してからかな、と呟いた。

「そういう食べものって『エネルギッシュ！』って感じする」

「ちょっと意味がわからへん」

「いかにもエネルギーの源って感じで。『生きろ！』って叱られてる感じして、びびるっていうか」

「ようわからへんけど、そういうもんなんかな」

そう答えてからすぐに公園の植え込みの花に気をとられてしまった。星崎くんの「……で、三葉さんもそうなんちゃう？」という声を聞いて、自分がまたよそ見をしていたことを知った。

え、ごめんなに、とわたしが問うと星崎くんは「たいした話じゃないから」と首を振った。わたしは、だから、星崎くんがいったいなにについて「三葉さんもそうなんちゃう？」と訊いていたのか、いまだにわからない。

送ってきたわたしと息子を出迎えた星崎くんのお母さんは、星崎くんと同じく異様に腰の低い人だった。

「すみません。息子が、すみません」

何度もわたしに頭を下げ、「こんなものしかありませんけど」と、みかんが入ったレジ袋を押しつけた。

年が明けて、星崎君は退職願を出した。こんな忙しい時期に無責任だとかなんだとか、みんな文句を垂《た》れていた。かわいがってやってたのに、と彼らは言い、なあ三葉さん、と声をかけてきた。わたしはなにも答えなかった。

その日に駅前で知らない女性に話しかけられた。「星崎聡司の母です」と言われて、ようやく誰だかわかった。一月の、雪でも降りそうな寒い日だったのに、鼻の頭に汗をかいていた。

「星崎くんは」とわたしが言いかけたら彼女はすっと視線をはずして「ええ、ええ、まあ」と頷いた。なんだか苦しそうに見えたから、それ以上は質問を重ねなかった。

それが、今わたしの隣で痛そうに顔をしかめて歩いている星崎くんのお母さんとの、全エピソードだ。全エピソードをふりかえっているうちに、もう団地が見えてきた。前に来た時は夜だったが、明るいうちに見ると外壁《がいへき》が灰色にくすんでいて、古びているのがよくわかる。

「自転車、ここに置いてもらえますか」

指定された駐輪場に自転車を停め、カゴからエコバッグを持ち上げる。

「これ、どうしますか」

星崎くんのお母さんはそれを受け取ろうとして、また腕の痛みに顔をしかめた。すみません、ほんとにすみません、部屋まで運んでもらえますかと頼まれ、わたしは頷く。

「三階の、いちばん端《はし》の部屋でしたよね」

団地にはエレーベーターがない。エコバッグはずしりと重かった。

「三葉さん、ちょっと待ってて」

わたしをドアの前に立たせて部屋の中に消える。しばらくしてようやく戻ってきた星崎くんのお母さんはやっぱりレジ袋を手にしていた。

「よかったら持っていってください。スーパーのくじでもろたんやけど、こういうの食べへんから」

袋の中身はすべて駄菓子だった。うまい棒（たこ焼味）とか、蒲焼《かばやき》さん太郎とか。「ありがとうございます」と頭を下げる。回覧板を届けにきた小学生の気分だった。

「病院、ひとりで行けますか」

病院まで送ってくださいと言われたら、行くつもりだった。「もしくは星崎くんにつきそってもらって」と続けたら、星崎くんのお母さんの表情が翳《かげ》った。

「いません」

家を出たんです、と言い直した。

「息子は家を出ました。今どこにおるんか……そう、あなた、知らんかったんや」

わたしは「え」と呟いたきり、星崎くんのお母さんのかなしげに歪《ゆが》んだ口元を見つめることしかできない。


星崎くんは会社を辞めた後は、ずっとアルバイトをしたり、資格を取る勉強をしたりしていたという。図書館に行ってくる、と出て行ったのが今から一ヶ月前。そのまま帰ってこなかった。

『傘』の二階に帰ってから、畳の上に寝転がった。目を閉じて、星崎くんのお母さんの話を反芻《はんすう》する。

「あとから考えてみたらおかしなことはたくさんあったんです」と彼女は唇を噛《か》んでいた。

「スーパーの仕事は、その日は休みでした。だからわたしも家におったんです。ずいぶん荷物が多いな、と思いながら見送りました。息子は大きなリュックサックを背負っていて」

星崎くんのお母さんはそこまで一気に喋ってから涙をこらえるように目頭を押さえたので、わたしは黙って相手の感情の高ぶりがおさまるのを待っていた。

「それからしばらく昼寝をして、そう、一時間ぐらい……聡司の部屋から、あの子の携帯の着信音が聞こえて、あら携帯を忘れていったんやね、なんて思ってて。けど、もしかしたら意図的に置いていったんかもしれませんね。手紙があって、家を出ることにする、と書いてありました。行き先は書いてなかった」

自分の意思で、家を出たんです。行き先を知られないようにしているんです、わたしが、とそこで星崎くんのお母さんの声が震えた。星崎くんがいなくなったのは自分のせいだと思っているのだ。

「再就職のことはゆっくりでええからね」と、気を遣うつもりで毎日のようにそう声をかけたことが、かえって追いつめる結果につながったのかもしれない。ねえ、きっとそうですね、と腕にすがりつかれて、わたしは首を振った。

「わかりません」

わたしは星崎くんではないから、と言い添えると、星崎くんのお母さんは深いため息をついた。

「そうですよね、あなたは聡司と違う」

なにかわかったら連絡ください、と再三請われて団地をあとにしたが、いなくなったことさえ知らなかった自分に今後「なにか」がわかるとは到底思えなかった。大の大人であるところの星崎くんが家を出てひとりで暮らしたくなったとしても、それはべつにおかしなことではない。お母さんはかなりショックを受けていたようだったが。

ふと思い出して、押し入れの衣装ケースの抽斗《ひきだし》を開けた。紺色《こんいろ》の地に灰色の縦縞《たてじま》が入っているマフラー。かつて星崎くんがわたしの首に巻いてくれたものだ。

外回りから戻った駐輪場で、星崎くんと鉢合《はちあ》わせた。あの忘年会より、すこし前の話だ。

「三葉さん、寒ないの？」

星崎くんは、わたしの着ているコートの薄さが気になっているようだった。自分の両腕をこするような仕草《しぐさ》をしている。

「うん、寒いけど」

「あ、三葉さんでも寒いのは寒いんや……あの、これよかったら使って。洗ったばっかりやし、きたなくないから」

かばんからビニール袋に入ったマフラーを取り出して、わたしに差し出す星崎くんの首には黒いマフラーが巻かれていた。

「なんでマフラー巻いてるのにもう一本マフラー持ってんの？」

「予備」

「マフラーの予備を、なんで持ち歩いてんの？」

「朝、家出る時にバタバタしてて、それでマフラー巻くの忘れたら、困るやろ？」

「いや『忘れた、寒いな』で終了やと思うけど」

「風邪ひくかもしれへんし、それにこの予備が役に立つ時もあるよ」

「たとえば？」

「同僚が寒そうにしてる時とか」

星崎くんが一歩踏み出して、距離が近くなった。頬に触れようと思えば触れられそうだった。星崎くんがわたしの首にマフラーをかけて、すこし考えてからもうひと巻きした。

「はい、これでだいじょうぶ」

鼻と口が覆《おお》われたまま息を吸ったら、ごくひかえめな柔軟剤《じゅうなんざい》の匂いがした。

「洗ったばっかりやし、きたなくないから」と星崎くんは言ったが、もし星崎くんが首に巻いているのをはずして貸してくれたとしても、わたしはぜったいに「きたない」とは思わなかった。でも星崎くんはそういうことを気にしてしまうタイプで、そういう人はやっぱり勤めには向いていない。たぶん、絶望的に。

マフラーはそのうち返すつもりだった。でもなんとなく返しそびれた。などと言って、わたしはほんとうは、これを持っていたかったのかもしれない。だってほとんどの荷物を処分してここに引っ越してきたというのに、このマフラーだけはしっかり持っている。

行方不明者届は出した、と星崎くんのお母さんは言っていた。でも成人の場合はほとんどさがしてもらえないらしいと以前本で読んだことがある。

星崎くんは、いったいどこに行ってしまったんだろう。

マフラーに鼻先を近づけてみる。柔軟剤の香りはもうしない。だってわたしが洗濯したから、あたりまえだ。

千穂子さんの退院は、午前中のうちに済む予定だったのだが、入院費の精算だとか、退院後の診察予約だとかで看護師を待っているうちに、十二時を過ぎてしまった。

孫の真樹也にその旨《むね》連絡を入れたら、よせばいいのに「じゃ俺も病院に行きまっす」との返信をよこした。

「もう、来んでええのにねえ」

掛布団をきっちりと畳んだベッドに腰掛けて、千穂子さんがため息をつく。つまさきが紙袋に当たって、かさっと音を立てた。入院中につかった歯ブラシやらティッシュの箱やらが入っている。端のほうに画用紙をまるめた筒が刺さっている。子どもの絵だ。親戚の子どもが描いた「はやくよくなってね」のメッセージつきの絵を、たしかに先週預かって届けた。

「退院ぐらいは付き添いたい、と思うものなのかもしれません」

入院中の家族の看病やお見舞いを外注するという行為を、なにかものすごく冷酷なことのように思う人はいる。千穂子さんの家族がわたしにたいして何度も何度も頭を下げるのも、そういう後ろめたさを感じているせいだ。

家族だからと言って、すべてを家族だけで解決する必要などないのに。

「三葉ちゃん、飲みもの買ってきて」

「はい。なにを買ってきましょう」

「ああ、じゃあ、ほらあれ。あのー、甘いの」

「あれではわかりません」

「このあいだの、ほら」

ストローで吸うような仕草をしてみせる。このあいだ洗濯物を受け渡した際に、病院併設のカフェに入った。その時飲んだたっぷりのホイップクリームとキャラメルソースがかかったコーヒーを千穂子さんはたいそうお気に召した様子だった。自分の回転寿司の店のメニューに入れられないだろうかとしきりに思案している。

「ぐるぐるまわってるあいだにそのクリームがどろどろになるんじゃないですか」と口を

はさんだら「あほやなあ、注文受けてからつくるに決まってるやろ」と背中をばしっと叩かれた。

「キャラメルラテです。じゃあ、買ってきます」

つめたいやつやからね、と念を押されながら廊下に出た。千穂子さんは今日で退院だが、わたしは明日からもしばらくこの病院に通うことがすでに決まっている。

霧島は「権藤《ごんどう》の爺《じい》さんやで、どうする」とわたしにわざわざ確認してきた。権藤さんはわたしの因縁《いんねん》の相手だ。わたしが「しごと」をはじめてすぐの頃に通院に付き添った。灰色の髪を短く刈りこんだ小柄な、人を（特に女を）睨《ね》めつけるようにして見る癖のある、七十代男性である。

車でアパートに迎えにいったわたしを、権藤さんは「ふん、女か」と一瞥《いちべつ》した。車を降りる時、肩を貸した際に胸を触りもした。だから無言で腹部に拳《こぶし》をたたきこんでやったのだ。

権藤さんは「病人になにをすんねん」とわめきたて、受付の人が出てきてちょっとした騒ぎになった。

「俺がやれ言うたらなんでもやるて言うたやないか、お前最初に」

「なんでもなんて言ってないです。拡大解釈です」

「もうええわ！」

怒り狂ったくせに、翌週になると「はよ迎えに来い」と電話をかけてきた。ほかに頼れる家族も友だちもおらんのやろ、と霧島は眉をひそめ、その後はわたしではなく霧島が通った。

「また俺が行ってもええけど」

「いいよ。行く」

「またなんかされたら言えよ」

「殴る前に？」

「殴った後でもいいから言いなさい。ええな？」

霧島とそんな言葉を交わしたことを思い出しながら、わたしはエレベーターを待つ。上の階で停まったままいつまでも降りてこないので、あきらめて階段を降りはじめた。

権藤さんは肝臓の病気だという。入院には保証人が必要だ。どうしても霧島に頼るしかなかったのだろう。本人が言うには「末期」で「女のケツを触る気力もない」らしい。

権藤さんは死ぬのだろうか。死ぬ、のだ、ろう、か。階段を降りるリズムに合わせてみたりもする。この「しごと」をしていながら、わたしはまだ利用者の死に遭遇《そうぐう》したことがない。

階段を降りたところで、看護師と鉢合わせた。胸に光る「小山」の名札を見て、あ、と反射的に頭を下げた。

「あら」

丸っこい身体をのけぞらせて、小山さんは眼鏡《めがね》を押し上げる。名前はたしか洋美《ひろみ》さん。千穂子さんから見れば嫁であり、真樹也から見れば母となる。

「おばあちゃん、今日退院よね」

「はい。事務作業が手間取ってるらしくて、待っている最中です」

「あらま、そうなん、それはあかんな」

はあ、とため息をついたかと思ったら、きゅうに「そうそう」と顔を輝かせる。

「お世話になったお礼に、いいものあげるから」

「お礼ですか？　いりません。代金をいただいてるので」

だーめだーめ、と洋美さんは人差し指をメトロノームのように左右に振る。

「それは霧島さんに払う代金やろ。あなたへの個人的なお礼がしたいのよ。真樹也に預けとるから、ちゃんと受け取って。あの子な、じつはかなりのうっかりボーイやねん、あ、知ってた？　うん。せやからもし忘れてるようやったらあなたから『ちょうだい』って言わんとだめよ、ね、だめよ！」

などとものすごい早口で喋ったのち、これまたものすごいスピードで階段を駆け上がっていった。

病院併設のカフェに入るには、外来の待合室を通り抜けなければならない。さいわい診療時間外であるせいか、人はほとんどいなかった。入院患者らしき老人が数名長椅子に陣取って、大きな声でなにか話している。

カフェのカウンターで注文を済ませ、出来上がるのを待った。客席に座っていた女の子がこちらを見ているのに気がつく。

最初はカウンターの向こうのメニューを見ているのだと思った。わたしが脇にずれたら視線がついてきたので、違うとわかった。整った目鼻立ちの、しかしぎょっとするほど青白い肌をした女の子だった。高校生か、もしかしたら中学生ぐらいか。

黒い髪は長く、しかし艶《つや》はない。わたしが立っている位置からはパーカーを着た上半身だけが見えるが、おそらく入院患者だろう。財布とマグカップをのせたトレイのほかにはテーブルの上になにも置かれておらず、それ以上のことはなにもわからない。

じっと見つめかえすと、ゆっくりと視線が逸《そ》らされた。キャラメルラテを受け取って振り返ったら、女の子は頰杖《ほおづえ》をつき、目を閉じていた。彼女がいるその空間だけ、時間がゆっくりと流れているように見える。

「見せてよ。ねえ、『いいもの』もらったんやろ」

十センチほど開いた家のドアの隙間から顔をのぞかせたリルカがさっきと同じ質問を繰り返した。息継ぎするごとにドアノブを引っ張る。チェーンが不快な音を立てる。ドアの隙間から『シャイニング』のジャック・ニコルソンみたいにわたしを見るリルカが息をするたびにマスクが収縮するので、そこだけはおもしろかった。

昨日洋美さんから真樹也経由でもらった「いいもの」のことは、まだ誰にも話していなかった。個人的なお礼だと言われたので霧島に報告する必要もないと思っていた。

十七時近くを示している腕時計に目をやる。病院から帰ったのが十五時過ぎだ。帰宅してすぐにこのあいだ買ったビールを飲んだら頭がくらくらしてきたので畳に横になっていた。ドアの外から「三葉ちゃん、おるんやろ、なあ」と呼ぶリルカの声で目を覚まし、現在に至る。

「さっき駅で真樹也に会ったよー。知ってるんやで！　ここ開けなさい！」

「疲れてるし、ひとりになりたいし、帰ってほしい」

「そんなさびしいこと言わんといてよー。開けてよー」

「うまい棒あげるから帰って……！」

星崎くんのお母さんにもらったうまい棒（たこ焼味）をドアの隙間から差し出したが、むしろ逆効果で、ただ「またこんな駄菓子食べて！」とリルカの声が大きくなっただけだった。さらには手を差しこんで内側からチェーンを外そうとしている。この部屋のドアのチェーンはねじをゆるめると容易《ようい》に外せる構造になっている。リルカもそれを知っているらしい。

「わかった、開けるから。開けるから静かにして」

リルカの甲高い声が酔った頭にがんがん響く。

「最初からおとなしく開けたらええねん」

洋美さんからもらった『お寿司500円分無料券』を財布から取り出し、流し台で手を洗いはじめたリルカに向ける。裏には『無期限・回転寿し こやま』と書かれている。水性ペンで書かれた文字といい、画用紙を切った紙といい、子どもが親に贈る肩たたき券のような稚拙《ちせつ》な仕上がりだった。

冗談かと思っていたが、店名の横には立派な印鑑が押してある。わたしに手渡してきた真樹也も「手作り感がすごいでしょ」と苦笑いしていた。

「いいやん」

リルカの瞳が「貪婪《どんらん》」と表現しても良いほどの輝きを帯びる。手のひらをこすり合わせる動きまではやくなった。ナイアガラの滝のごとき勢《いきお》いで水が出ているため、水滴が激しく飛び散る。

「いいかな」

「いいよ。五百円は大きいよ。こんど食べに行こ。あっ、もちろん自分のぶんは自分で払うし。前言うたっけ、わたしあそこのエビとアボカドのお寿司めっちゃ好き、な、一緒に行こうや、な、な、おねがいおねがいおねがいおねがーい」

「うるさい喋りすぎ黙って」

あ、それとこれ、とリルカが白い封筒を差し出した。

「郵便受けに入ってた」

「勝手に郵便受け開けるのもやめてほしい」

「ついでにとってきてあげただけやん！」

わたしの不機嫌さなどまったく意に介さない様子で、リルカはひゃひゃひゃひゃと笑い、ドアの外に置いた段ボールを顎《あご》でしゃくった。

「あ、それ運んで」

三葉雨音様。プリンタで印刷された宛名にしばらく見入る。差出人の名は、高城友理奈《たかしろゆりな》。

その隣に知らない男性名がある。だから、封筒のなかみは開けなくても結婚式の招待状だとわかった。

段ボールを持ち上げたら、ぎょっとするほど重かった。

「なにこれ、重い」

「たこやき器」

「えっ」

自宅からわざわざ持ってきたという。

「三葉ちゃんと食べようと思って。あー、重かったー」

保冷バッグから、小さく切り分けたタコ入りの保存容器やら、ソースやら青のりやら、つぎつぎに取り出して広げた。驚いたのは、折り畳みのちいさなテーブルまで持参していたことだ。

「テーブル持ってないって聞いたから、前に」

テーブルを持っていない、という話をした記憶はたしかにあったが、ずいぶん前のことだった。それ以降にテーブルを買った可能性について考えなかったのかと問うとリルカは「三葉ちゃんの性格上ぜったいそれはないと思った」と言い切った。

「でもわたし、食欲ないから」

疲れてるからそのビール飲んだら帰って、と懇願《こんがん》するわたしを無視して、リルカはボウルに卵を割り入れる。

疲れているのは今日会った権藤さんのせいだ。病室に顔を出すなり、買いものを頼んできた。それはべつにいいのだが、その買いものリストの中にいわゆる成人向け雑誌が含まれていた。

「あんたには無理かな」

顔の下半分を弛緩《しかん》させるだけ弛緩させた権藤さんに「買ってくることはできますけど、もしこれでわたしが恥ずかしがることを期待してるならご期待に沿えませんね」と説明したら今度は「つまらん、ほんまつまらん女やな、お前は」と拗《す》ねはじめ、ほんとうに面倒な爺《じじい》だなとため息が出た。

「疲れてるんならなおさら食べなあかんて」

はん、と息を吐くリルカはすでにたこやきの生地《きじ》をつくりおえていた。

「なんでそんなにわたしに食べさせようとすんの、いっつも」

さらさらと水っぽい生地が、半球の穴が並ぶプレートに流しこまれる。タコと天かすと桜エビと小葱《こねぎ》をばらまくように落としていくリルカの手つきには迷いがない。

「手慣れてるね」

「うちの家、土曜のお昼はたこやきって決まってて、毎週つくってた」

わたしの育った家にはたこやき器がなかった。ホットプレートを卓上に置いて食事をする習慣もなかった。母がそういう食事のスタイルを好まなかったせいだ。みんなでひとつの鍋や皿をつつくなんてぞっとするわ、と眉をひそめていた。寄せ鍋は小さな土鍋に盛られたものが配膳された。

生地の表面が乾いて、ふつふつと波打つ。リルカは竹串を器用に動かしながら、わたしの話を聞いていた。

「ひとりぶんずつ鍋に入ってるって、旅館のごはんみたいな感じ？　ほら、あの固形燃料っていうんかな、あれでメラメラするやつ」

「うん。テーブルでメラメラはさせてなかったけど」

「でもそれ、人数分用意するの、めっちゃたいへんじゃない？　何人家族？」

「四人。両親と姉とわたし」

父は公務員で、母は専業主婦だ。三歳上の姉は結婚して家を出ている。リルカに問われるまま話した。

「さっきの招待状の人は誰？　もしかして友だち？」

「あれは従姉妹《いとこ》」

短く答えてからじっと見つめると、きまり悪くなったのか、リルカは「だってさー」と頬を膨らませた。封筒を持ってくる前に、しげしげと差出人の名を眺めている姿が想像できた。

「いや、『だって』やないねん」

友理奈ちゃんは母の姉の娘だ。母は自分の姉をライバル視しており、友理奈ちゃんがやることは、かならずわたしたち姉妹にもやらせた。ピアノ、バレエ、お受験。その他諸々。それらすべてを母の期待どおりにこなすのが姉で、激怒させるのがわたしだった。ピアノもバレエも初日から脱走し、幼稚園のお受験については面接で床に寝そべったり靴を投げたりしたらしい。残念なことに、その記憶はない。

母がこのあいだから何度か電話をかけてきたのは、これが原因なのかもしれない。母は女性の結婚や出産をボードゲームかなにかのように思っているらしく、姉の結婚が決まった時も妊娠がわかった時も「友理奈ちゃん、お先に〜って感じやな」とご満悦だった。

「三葉ちゃんって、家族と絶縁とかしてるんかなと思ってた」

ひとつ、ふたつ、みっつ、と紙皿の上にたこやきがどんどんのせられていく。

「それぐらいでいいから」

リルカはやっぱりわたしの言葉を無視して、合計八個のたこやきをわたしの皿にのせた。

「絶縁とか、してないよ」

ものすごく仲が悪い、というわけでもない。わたしが会社を辞めたことを姉経由で知った時、母は「もったいない。なんでいつもそうなん、まともに生きられへんの、ねえ、なんでよ」と泣きながら電話をかけてきたし、わたしは一言も答えずに電話を切ったが、それぐらいでものすごく仲が悪いとは言えない。

たこやきを箸で割ると、湯気が立ちのぼる。八個のたこやきをふたつに割ってから、わたしはじっとそれらが冷めるのを待った。

「なにしてんの？　猫舌なん？」

「違うけど、罰やから」

「罰ってなに？　どういう意味？」

罰は罰だ。正しく説明するためには、星崎くんのことを話さなければならない。でも今はまだ、他人にうまく話せる自信がなかった。

「……ここに来た時も、今も、三葉ちゃんは世捨て人みたいに見える」

リルカは「こんななにもない部屋で」と周囲を見まわし「お酒ばっかり飲むし」とわたしを見据《みす》えた。

「三葉ちゃん」

リルカの声がすこし低くなった。思わず「はい」と答えてしまう。

「ほんまは、どうでもいい。あんたがどんな生活してようが。でももう、かかわっちゃったし。わたしにとって、もう、三葉ちゃんは他人ではなくなってしまった。いっぺん知ってる人になっちゃったら、もう病気になったり不幸になったりしてほしくないねん。ましてや死んだりしたら、気分悪いし。わかる？」

尾瀬さんの顔が浮かんできて、黙ったまま頷いた。

「なんでそんなに食べさせようとするのってさっき言うたけど、そういう理由よ。三葉ちゃんは身体に悪いことをいっぱいして、そうやってゆっくり自殺しようとしてるみたいに見える。霧島さんはそういう人をほっとかれへん。やさしい霧島さんが、もし三葉ちゃんへの同情を愛やと勘違いしてしまったら、とか考えるだけで耐えられへん。わたし三葉ちゃんに構いながら監視してんねん。これ以上あんたが同情を誘うような痛ましい状態にならへんように世話焼くねん。三葉ちゃんのこと好きやからとか、そんなんちゃうし。わたしがこの世で好きなのは、自分のお母さんと霧島さんだけや。勘違いせんといて」

「わたしのためではない？」

「そう。まったくもって三葉ちゃんのためではない。一ミリも」

「わかった。じゃあ食べる」

割りばしをとって、たこやきを口に入れる。ずいぶん待ったつもりだったのに思ったより熱くて、しばらく口がきけなかった。ようやく飲み下してから「世捨て人になったつもりも、ゆっくり自殺してるつもりもなかったけど」と言うことができた。

オパビニア。ディメトロドン。ダンクルオステウス。ディプロカウルス。小学生の自分の歌声が聞こえた。あの頃のわたしが今も生きている。普段は姿を消しているけど、たまにわたしの前に現れる。なにか人の道にはずれたおこない（ゴミのポイ捨てなど）をしそうになった時。してしまった時。忘年会の日にも現れ、星崎くんを見つめるわたしを見ていた。ひどく失望したような顔で。

わたしはもうこれ以上あの子をがっかりさせたくない。

「模索《もさく》してただけ」

「なにを？　人生とか幸せとかを？」

「そんな大げさなもんではないけど。自分に合ったやりかたとか」

「生きかたみたいなこと？」

「そんな感じ」

うーん、とリルカは頷いて、もくもくとたこやきを食べはじめた。ようやく静かになったことがありがたい。

あなたがわたしに与えたがっているものはわたしが欲しがっているものとは違うのだ、と母に訴え続けた人生だった。そして母のような人にそれを納得させるのは、とても難しいことだった。丘の上のあの家に、わたしは高校卒業まで住んでいた。物心ついてから家を出る当日まで、母は毎朝、朝食にりんごを出し続けた。「おいしいし、身体に良いのよ」という理由だったが、わたしはりんごの味や食感が好きではない。好きではないから食べたくない、ということをいくら説明しても「このりんごは他のよりおいしいから」とか「でも身体に良いから」と譲らない。「みんなおいしいって言ってる」という理屈でねじ伏せようとした。

りんごの効能《こうのう》についても、りんごの味を好む人がたくさんいることも知っている。でもそういう問題ではないのだ。わたしが嫌だから嫌だ。そんなシンプルな理屈が、母には何度説明しても通じない。

母とわたしの折り合いの悪さならば、このエピソードひとつでじゅうぶん説明可能だろう。「りんご」が「進路」や「趣味」や「友人」に置きかわるだけだ。あなたのためを思って言ってるのに。あなたのために、あなたのために。

「じゃあ、死にたいとかは思ってない？　しつこく確認するけど」

リルカが上目遣いでこちらを見ていた。リルカの押しつけがましさは母に酷似しており、しかしながら母ほどうっとうしくはない。それは最初からリルカが他人で「わかりあえない」という前提があるからだ。

つまりわたしは、まだ母に対してすこし期待しているのだ。いつかはわたしのことを理解してくれるのではないかという甘えが残っている。さもしいことだ。

「うん。死なない。生きていくために探してる」

リルカが唇の端についたソースをティッシュでごしごし拭っている。

「死んだら、だめよ」

この部屋で死んでも外で死んでも霧島に迷惑がかかる。わたしの愛する男に迷惑をかけることは許さない。リルカの主張は一貫している。

「よっぽど好きなんやな」

はっ。リルカが大きく息を吐いた。どうやら笑ったらしかった。上体を反らせたせいで、丈の短いTシャツから白い腹がのぞく。

「わたしに言わせれば、霧島さんみたいないい男を好きにならへんほうがどうかしてるで」

「じゃあわたし、どうかしている」

「あー、どうかしてる人でよかったー」

ビールの缶に手を伸ばしかけてやめた。酔うといろんなことが曖昧になるからよかった。曖昧にしておきたかった。でも、今日は違う。今日からは、かもしれない。

好きな人とかおらんの、と訊いてから、リルカは「うわあ」と身を捩《よじ》った。ほっぺたがぷるぷると揺れる。

「なんか照れるな、こういうの。でもいっぺんやってみたかった」

リルカにはもしかしたら同性の友人がいないのかもしれない。わたしとまるきり似ていないと思っていた相手との、思わぬ共通点を見つけた。

「いない」

一瞬星崎くんの顔が浮かびかけたが、もうしばらく会っていない彼の記憶は目鼻立ちすらあやふやだった。

# 2020年9月

「なによその、喪服みたいな服は」

　ひさしぶりに顔を合わせた母の第一声だ。着物と、それに合わせて結《ゆ》い上げた髪形のせいか、母はわたしの記憶にある姿よりも嵩高《かさだか》く見える。

　二月以降ありとあらゆるイベントの類《たぐい》が中止になっていく中、いったいどうなることだろうとあやぶまれていた友理奈ちゃんの披露宴だったが、招待客を親戚のみ、それも大幅に人数を減らして実行することを決めたらしい。結婚式は先日すでにふたりだけで済ませたという。

　親族の控室には入らずに披露宴会場に直行するつもりだったのだが、間の悪いことにホテルの入り口でタクシーから降りてきた母たちと鉢合わせしてしまった。

「まだ時間があるからどこかのショップでひとそろい買って着替えなさいよ。お金は出してあげる」

わたしが着てきた黒いワンピースが、母は気に入らないらしい。

「若い女の子っていうのは披露宴に花を添えるために呼ばれるんや。そんなかっこう、ぜったいにだめ。新しい服を買いましょ、ママが選んであげるから」

「買わない。これで出席する」

母に続いてタクシーを降りた父はわたしを一瞥するなり「おお」だか「ああ」だかいう声を発しただけで、そのまますうっと通り過ぎていってしまった。二台目のタクシーから義兄が姿をあらわす。

義兄が王子さまよろしくひざまずいて姉に手を差し伸べている姿を横目で追う。ゆったりした服の上からでもわかるほど、姉のお腹は大きくせり出していた。

予定日はたしか十二月だった。男の子かな。女の子かな。エンドレスに続く母の小言から気をそらすためだけに、わたしは姉のお腹の子どもについて考えている。

「ママ、ここで話してたらあとから来る人の邪魔になるよ」

姉が母の背中をそっと押す。ママ。子どもの頃と変わらず、姉は母をそう呼んでいる。母がそれを望んでいるからだ。望んでいると知った時から、わたしは母を「お母さん」と呼ぶようになったが。

「ああ、そうね、そうね」

母は「ほら、いらっしゃい」とわたしの背中をばしっと叩く。ホテルのロビー中央には花を生けたテーブルが設《しつら》えてあり、その花の脇で父が困ったような顔でこちらを見ていた。

控室にはすでに見知った親戚の顔が並んでいた。

なるべく目立たないように壁際で息をひそめていたが、じきにそんな必要もないと知った。輪の中心にいるのは四歳の双子の女の子たちで、大人は全員彼女らの一挙一動に目を細める。虜《とりこ》になっていると言っても過言ではない。虜になるのも無理はない。揃いのピンクのドレスを着た彼女たちはものすごく愛らしいから。

「あの子たち、今日のベールガールなんやて」

気づくと、姉が隣に立っていた。

「ほんとにひさしぶりね、あーちゃん」

微笑《ほほえ》む姉の肌の白さがまぶしかった。わたしは昔から姉の外見が好きだった。ものすごく美人とかかわいい顔立ちとかではないが、上等の陶器のようにしみじみと眺めたくなる美しさが姉にはある。今は全体的にふっくらしていて、以前よりやわらかい雰囲気が増していた。

姉は昔から、「ちょうどよい塩梅《あんばい》」を保つのがとても得意だった。学生時代の成績は上の下か中ぐらいをキープし、ほどよくあかぬけた友人と恋人に囲まれて過ごしていた。

「料理はぜんぶママに教えてもらったんです。だからひととおりこなせるけど、ママの得意料理だけはどうしたって超えられない」

そんなセリフをすこしのわざとらしさもなくするりと口にできる人でもあった。母の自尊心をくすぐることにかけても、ちょうどよい塩梅を知っている。

細心の注意を払ってのそれなのか、本人はあくまで無意識なのか、わたしにはわからない。後者だったらいい。姉のふるまいが「この母のもとに生まれた」という環境に適応するための努力だとしたら、痛ましすぎるから。

「あのね、あーちゃん。これ」

水色のショールがふわりと肩にかけられた。雨音という下の名を「あーちゃん」と呼ぶのは姉だけだ。

「そのワンピース、すごく似合ってるわ。かわいい。でも会場はちょっと肌寒いかもしれへん。ショールをかけといたほうがいい。これ、さっきホテルの中のお店で買ったの。けど、鏡で合わせてみたら今日のわたしの服とあんまり合ってないからもらってくれへん？」

「……わかった、ありがとう」

ショールの端を指先でつまみつつ、視線を姉のお腹に落とした。

「順調？」

「うん。安定期に入るまではね、絶対安静になったりいろいろ大変やったけど。触ってみる?」

最近蹴る力が大きくなってきた、と嬉《うれ》しそうに笑いながら姉がわたしの手を取る。とんとんってやってみて、と言われてそのようにしたが、反応はなかった。

「あら、寝ちゃったのかも」

気まぐれやねえ、と姉がお腹を撫《な》でる。これ以上に大切なものなんかこの世に存在しませんと言いたげな手つきで。すこし離れたところで父と話していた義兄が笑顔でわたしたちを見つめている。

姉が男だったら寸分違《たが》わず義兄のようになっていただろう。彼らに会うたび、そう思う。義兄もまた誰にでも感じよくなにごともそつがなく、ちょうどよい人だ。

ただしく一対《いっつい》であるふたり。対と言えば、わたしたちの両親もそうだ。親戚のおばさんと話している母と、椅子に座ってお茶らしきものを飲んでいる父を見比べる。存在自体が主張過多な母とことなかれ主義な父もまた、よくできた組み合わせだった。

わからない。この世のどこかに自分にも一対となる相手がいるかもしれないということが、まったく想像もつかない。

両親以外のみんながわたしにやさしい。腫《は》れものに触るように接していると言っても過言ではない。気なんか遣わなくていいのに。傷つけまいと必死にならなくったっていいのに。わたしはそんなことで傷ついたり恥じらったりしないから。これではかえって居心地が悪い。

だから友理奈ちゃんの父であるおじさんが「会社辞めたん？　せっかくええとこ入れたのになあ」と大声で言った時、むしろほっとした。

顔色を変える母を横目に、わざと「そうなんです」と大きな声で答えた。

「会社勤めには向いてないんです」

「今はなにをしてんの？」

「バイトです」

「そうか。まだ若いからね」

人生には、休みも必要やな、とおじさんが頷く。頭ごなしに若者を否定しない、できた年長者。おじさんのセルフイメージはそんなところだろうか。

「休んでません」

「え？」

「自分の生活費も自分で稼いでるし、税金も払ってるし、人生を休んでいるつもりはありません」

「ああ……うん、うん」

釈然とせぬ様子で、首を傾げている。おじさんの欲しかった答えと違ったのかもしれない。

「正社員だったら一生安泰《あんたい》とか、結婚してたら安心とか、そんな時代でもないからね」

誰かがいきなり会話に割り込んできたと思ったら、義兄だった。

「自分のペースでええんやで、雨音ちゃん」

すこぶる悠然《ゆうぜん》と微笑まれて、その返事をさがしているうちに「そろそろ会場に移動しましょう」という声がかかった。唇を歪ませながら部屋を出ていく母の背中を、息をつめて見送る。

友理奈ちゃんが結婚する相手は、高校の同級生だという。

「お相手のかた、これから結婚するっていうのに会社辞めて起業したんやて」

母が父にそう囁くのを、披露宴会場に移動する途中で耳にした。母の声には隠しきれない興奮が滲んでいる。

「アイティーケーっていうの、そういう業種、どうなん？　安定してなさそうやけど」

アイティーケーをIT系に脳内で変換するのに時間がかかった。母はたぶんその具体的な仕事内容を思い浮かべられないまま、聞いたことをそのまま喋っているのだろう。

「不安やろねえ。そういうの、不安やろねえ。友理奈ちゃんも苦労するなあ、ほんまに」

そうかもしれんな、としか父は言わない。あれもひとつの適応能力なのだろうか。

披露宴のテーブルは両親とわたしと母の妹であるおばさんという組み合わせで、座るとちょうど母と向かいあうかっこうになった。八人ぐらい座れそうな大きなテーブルだが、椅子は四人分だ。

母はおばさんと、まだ友理奈ちゃんの夫になる人が起業する件について話していた。ただひたすらに、「将来が不安」という言葉を、うれしそうに何度も口にする。

新郎新婦が入場したあとも、母はずっと喋り続けていた。

「あなたもね、雨音ちゃん」

気がつくと、母の視線がわたしに向けられていた。

「ちゃんとした仕事につくつもりは、あるの?」

まっすぐに母を見返した。だってわたしはなにも悪いことはしていないから。

「他人の仕事をちゃんとしてるとかちゃんとしてないとか、お母さんが決める権利はないよ」

「もう、へりくつばっかり言う」

いやになるわ、とおばさんのほうを見て大袈裟なため息をつく。冗談ぽい雰囲気にしようとしたのかもしれないが、頬がひきつっていた。

「この子は、昔からちっとも親にやさしくないの。思いやりの心がないの」

新郎新婦の席でわあっと声が上がった。写真撮影で盛り上がっているようだ。そうだ、お祝いを言いにきたんだ。いちばん大切なことを思い出した。母と対峙《たいじ》するためではない。幼児の頃から時に意思に反して競わされたり、時に結託して台所の菓子をくすねたりした友理奈ちゃんの結婚を祝福するためにここにやってきたのだ、わたしは。

運ばれてきたスープ皿からあえかな湯気がたちのぼっている。長らく科してきた罰を、今この瞬間、無きものとした。無きものにすべきだった。魚の皿も肉の皿も、すっかり空にする。身体が猛烈《もうれつ》にエネルギーを欲しているのがわかる。

「がつがつせんといてよ、みっともない」

母がほんとうに嫌そうに眉をひそめている。口元を拭いてから、立ち上がった。深紅のドレスをまとった友理奈ちゃんは、椅子から立ち上がり「ふふっ濃厚接触やな」という、相手を間違えれば大問題に発展しそうな冗談を発しながらわたしに抱きつく。過剰なスキンシップを好むタイプなのだ。歓迎はしないが、今日は彼女の晴れの日なので好きなようちが赤い。

背中越しに新郎と目が合って、会釈を交わす。ずいぶん酒を飲まされたようで、目のふちが赤い。

「雨音、来てくれてありがとう」

「うん。おめでとう」

「来てくれるかどうか心配やった」

なんか今いろいろ大変な時期やって聞いたから、と友理奈ちゃんがわたしの顔をのぞきこむ。

「ぜんぜん大変じゃないよ。大変だと思ってるのはあの人だけや」

あの人、のところで母がいるテーブルを見ると、友理奈ちゃんは眉を下げる。

「おばさんは、雨音のこと心配してるだけなんちゃう?」

「うん。わかってる」

母はいつも自分のことを心配している。それは知っている。

「もっとおばさんにやさしくしてあげないと。家族なんやからさ。もっと大人になって」

「そうね。家族ね。大人じゃないね」

やさしくしてるよ、わたしなりにね。その言葉は飲みこんだ。ほんとにおめでとう、ともう一度繰り返す。

「そうなの。で、披露宴の途中で帰ってきちゃったの」

セツ子さんが頰に手を当てる。そうなんです、とわたしは答えて、紅茶をひとくち飲んだ。

病院に行った帰りだ。家に送り届ける前にセツ子さんがどこかでお茶を飲んでいきたいというので、セツ子さん指定の喫茶店に入った。これが純喫茶というものか、と店内を見回す。店名の入ったマッチと、コースター。うやうやしく運ばれていくクリームソーダの緑とアイスクリームの白と、添えられたさくらんぼの赤が美しい。わたしは知らなかったが、セツ子さん曰《いわ》く創業数十年の有名な店だという。

なるほど、『傘』とはずいぶん違う。霧島は客に頼まれたらメニューに載っていないものでも出すなど、節操《せっそう》というものがまるでない。このあいだは「焼きそばないの」と訊かれて、自分の昼食用のペヤングを出してやっていた。

「ね、みっちゃん、なにか楽しいお話をして」

親におとぎ話をせがむおさない女の子のような視線を向けられて、わたしは困った。

「楽しい話」ならば権藤さんが横柄で腹が立つとかそんな話をするわけにはいかない。

そこでしかたなく、従姉妹の友理奈ちゃんの披露宴に出席した話をすることになったのだ。おめでたい、きれいな部分だけつまんで話すつもりだったのだが、セツ子さんがたくみに繰り出す質問の数々に答えているうちに、いつのまにか母とあまり仲が良くないことまで喋ってしまっていた。

「楽しい話ではなかったですね」

セツ子さんと娘さんの仲の良さは知っている。友理奈ちゃんと同じく「やさしくしてあげないと。家族なんやから」派なのかもしれない。

「いいえ。家族だからかならず仲良くできる、なんてわけないのよ、みっちゃん」

「今までに何度も『あなたを育ててくれたお母さんなんだから大切にしないと』と言われてきたんですけど」

「親が子どもを育てるのはあたりまえ。大人になってまで、そんなにいつまでもいつまでも、感謝する必要はありません」

あたりまえ、そう、あたりまえなんやけど。セツ子さんは口の中でもごもごとそう繰り返す。

「あたりまえのことができない人間もいてるわね」

表情がわずかに翳《かげ》った気がした。でも壁にかけられた絵に気をとられて、わたしはすぐにそのことを忘れた。

セツ子さんは「みっちゃん」。リルカは「三葉ちゃん」。霧島は「三葉」か「あんた」。母と義兄は「雨音ちゃん」。姉は「あーちゃん」。友理奈ちゃんは「雨音」。星崎くんのお母さんは「三葉さん」。誰かと関わるたび、呼び名が増えていく。そんなことをぼんやりと考える。

「……湯気の出るような、あたたかい食べものが食べられなくなった同僚がいたんです。会社に勤めていた頃」

星崎くんの会社でのあつかわれかたについても、セツ子さんに聞いてもらった。自分がそれを黙って見ていたことも。

「まあ」

セツ子さんが口もとをすぼめる。鼻の下に縦皺《たてじわ》がいくつも寄って、一気に老けて見えた。

「勤めていた会社には、みんなとノリが違う人間に対する独特の空気がありました。悪意から排斥《はいせき》するとか嫌がらせをするとか、そういうことじゃないんです。むしろ頼みもしないのにわざわざ仲間に入れてくれようとするんです。眩《まぶ》しいほどの善意や協調性の大切さを教えたいという正しさにあふれていました」

会社を辞めてすぐの頃には、こんなふうに誰かに説明することができなかった。説明するための言葉をうむのに、半年以上もかかってしまった。

他人とペースを合わせられないわたしが会社の中で看過《かんか》されていたのは、星崎くんがいたからだ。星崎くんが会社を辞めると知った時、最初に思ったことは「つぎは自分かも」だった。「自分たちと、なんか違う」を、人は敏感《びんかん》に感じとる。星崎くんをいじることに向けられていたあの人たちの気持ちが、こんどはわたしに向けられるような気がした。

共感も感情移入もしないというわたしのスタンスは、他人の気持ちについてそもそも想像ができないということとはちょっと違うし、自分自身に感情がないわけでもない。だからこそ、こわかった。

「スケープゴートというやつです」

すけ、なに？　とセツ子さんが首を傾げるので、いけにえです、と言い直した。星崎くんは贖罪《しょくざい》の山羊《やぎ》でした、と。「スケープゴート」という言葉にはじめて接したらしいセツ子さんにも意味合いは伝わったようで、小刻みに頷いている。

「だからわたしは加害者なんです。わたしは他人の気持ちを大事にできない。共感とか感情移入とかそういうのが苦手なんです。よくつめたいと言われます」

ずっと、加害者である自分がごはんをもりもりおいしくいただくのは、まちがっているような気がしていた。だからあたたかいごはんを食べないようにしていた。自分への罰として。

「でも、やっぱり違うんです。わたしが自分に罰を与えても、星崎くんが救われるわけじゃない」

「みっちゃん。そのとおりよ」

「たぶん、わたしは自分が会社を辞める前後の、なんだかうまく言えない自分の感情の諸々を星崎くんの存在で説明しようとしていた気がします。また星崎くんを山羊にしてしまいました。母に会って気づいたんです」

嫌いな母に自分との共通点を見出《みいだ》すということ。それは頭を掻《か》きむしりたくなるほど、恥ずかしくつらいことだ。でも見出してしまった以上はもうなかったことにはできない。

セツ子さんは黙って頷く。水を飲み干したわたしをちらりと見やってからメニューをひろげて「ねえ、ところでお腹空《す》いてない？」と微笑む。

「空きました」

「おやつの時間やからね」

ホットケーキを半分こしましょう、とセツ子さんは店員を呼び止める。

「ホットケーキ、好き？」

「特別好きでもないけど、嫌いでもないです」

そうなん、とセツ子さんは気分を害したふうでもなく、あっさり頷く。

「わたしは大好き。昔、子どものおやつによく焼いてあげた。バカのひとつ覚えみたいにねえ」

「へえ、娘さんに焼いてあげてたんですね」

セツ子さんの表情がまたふっと翳る。それはでも、一瞬のことで、わたしと目が合うともとの穏やかな笑顔に戻った。

きつね色の、正方形のバターがのせられたホットケーキが運ばれてくる。

「お皿、もう一枚もらえます？」

店員にそう申しつけたのち、セツ子さんは小さな器に入った琥珀色《こはくいろ》のメープルシロップをホットケーキにすべて注いだ。

「ね、みっちゃん。共感とか感情移入が苦手ってさっき言うてたけど、あなたがやってるような職業には、ちょうどええのと違う？」

「そう思いますか？」

そうよ、セツ子さんがホットケーキにナイフを入れる。バターとたまごの香りが濃くなった。

「病気は心を弱らせるもの。弱った人に引きずられたら仕事にならへんでしょう。みっちゃんはそっち側に引きずられることのない人よ、きっと」

「そんな感じのことを以前霧島にも言われました。だからスカウトしたって」

ナイフを動かす手がぴたりと止まる。

「そうなん」

セツ子さんは頷いて、店員が持ってきた皿にホットケーキの半分をのせた。

「そんなこと言うの、あの人」

セツ子さんは霧島と会ったことがない。霧島はセツ子さんについて「俺はまだ直接顔を合わせてない」と言ったはずだった。

たしかそうでしたよね、と訊いても、セツ子さんはなぜか答えない。ぼんやりと、小さく切ったホットケーキを口に運び続けている。


『傘』に戻ると、八割がた席が埋まっていた。テーブル席は常連客で占められていたが、カウンター席には若い男のふたり連れが座っていて、ひとりは真樹也だった。

「二木《にき》さんです」

真樹也に紹介された男がわたしを見る。

二木は真樹也の友人の友人の友人という、つまるところの他人だった。「しごと」の話を人づてに聞いて興味を持ち、真樹也を紹介してもらった。会うのは今日がはじめてだそうだ。

ども、というような軽薄《けいはく》な挨拶をする男は、訊いてもいないのに社会人三年目であること、自分が現在勤めている会社の名などを口にした。わたしが「はあ」と頷くと「リアクション薄っ」とわずかに上体を反らせる。関西の人間ではないのだろう。喋りかたが違う。めんどうだ。受信者であるこちらのリアクションの濃度の基準値を情報の発信者に設定されるのはめんどう極まりない。なぜ二木は濃いリアクションをもらえると思ったのだろう。誰もがその名を知っていそうな企業名だからだろうか？

「行ってきた」

他の客の手前、誰が、どこに、を省《はぶ》いてカウンターの向こうの霧島に報告した。わたしのその日の行き先を決めるのは霧島であるから、省いても伝わるはずだ。

「とくに問題はなかった」

「そうか。お疲れさん」

霧島は静かに頷く。もともと言葉数の多い男ではないので、会話はそこで終わる。

「例の、お見舞い代行業？」

二木がいきなりわたしたちの会話に割りこんできた。「しごと」のことを真樹也から聞いたようだ。

「いいとこに目をつけましたよね」

わたしが黙っているので、こんどは霧島のほうを向いた。今はコーレーカシャカイで人と人とのつながりがキハクなシャカイだから云々、ビジネスモデルが云々、ウィズコロナ云々とぺらぺら喋り続ける二木を無視して、わたしはカウンターに入って水を飲んだ。

二木の話はまだ続いている。マスターサン渋くてかっこいいですよねマダムに大人気なんじゃないですか。マスターサンとは霧島のことだろうか。霧島をそんなふうに呼ぶ客はほかにいないのだが。だいいち、渋いだろうか。濃いの間違いではないのだろうか。

「二木さん、なんか食べませんか」

真樹也がメニューを広げる。

「なんかおすすめとかあります？」

「ああ、ないなー、とくには。うちは適当な店やから」

二木の問いに、霧島は薄い笑いを唇の端に浮かべる。

真樹也が「このあいだつくってもらったやつ、あのカレー味のなにかみたいなの、おいしかったですよ」と口をはさんだ。

「カレー味のなにかってなんだよ、カレーじゃないの？　どれ？」

メニューを差し出す二木に、真樹也が首を振った。

「いや、メニューにのってなくて、パパッとつくってくれたんです」

「へえ、いいね、そういうの。俺そういうの好き」

「三葉は腹減ってないのか」

カウンターに両手をついていた霧島が振り返ってわたしを見た。

「お腹は減ってない。さっきホットケーキ食べたから」

「あ、ホットケーキ」

わたしたちの会話を聞きつけた二木がメニューをばたんと閉じた。

「俺も食べたくなってきた。できます？」

「できない」

さすがに驚いた。真樹也も「えっ」と小さく声を上げる。霧島が客に向かってここまできっぱりとものを言うのは、ものすごくめずらしいことだった。

テーブル席の話し声がぱたりと止んだ。広い店ではない。カウンター付近の不穏《ふおん》な空気などすぐに伝わってしまう。

「……ホットケーキ、嫌いやねん」

霧島が背を向けて、厨房に消えていく。え、俺なんかまずいこと言ったー？　という二木の不自然なほど大きく明るい声だけが店内に響く。

2020年10月

車に乗りこんで、キーをまわした。エンジンがあたたまるのを待つあいだに、霧島から預かった便箋《びんせん》を広げて読んだ。もう何度も読んでいる。

今日会うことになっている依頼者からの手紙だった。差出人の名は「清川好美《きよかわよしみ》」となっている。

霧島様

とつぜんのお手紙失礼いたします。市内で会社勤めをしております、清川と申します。

昨年、祖父の法要《ほうよう》に出席した際、叔父《おじ》より霧島様の経営される喫茶店（店名がわからないとのことでしたので、このような表現ですみません）と、副業として行われているという、お見舞い代行の話を聞かされました。

叔父はそちらのお店をよく利用させていただいているようです。

叔父の話が要領を得なかったせいもあって半信半疑で聞いていたのですが、先日仕事の用事でそちらの近くを通りかかった際にさがしてみたところ、ほんとうにお店があったことに驚き（遠目に霧島様のお姿も拝見しました）、なにか縁のようなものを感じて、この手紙を書いております。

と申しますのも、先日病院を受診し、病気が発覚したばかりで、来月手術の予定を控えているからなのです。

前島総合病院の婦人科です。手術の内容は子宮全摘《しきゅうぜんてき》となります。全身麻酔《ますい》が必要な手術です。それについては決心がついておりますが、手術には立会人が必要だと言われました。

わたしは四十二歳です。配偶者も子もおりません。実家の両親は健在で、弟がひとりおりますが、家族には付き添いを頼みたくありません。

両親はわたしに家庭を持つこと、とりわけ子どもを持つことを強く望んでいました。わたしが四十を過ぎた頃からさすがに以前より回数は減りましたが、顔を合わせるたびに「孫の顔を見せてほしい」と言われておりました。それを叶《かな》えてあげられなかったことを引け目に感じています。そのうえ両親にこのような手術の付き添いをさせるのは、さすがにつらいです。

家族にはすべてが終わってから事後報告をするつもりです。

立会人が必要ということだけではなく、わたし自身誰の付き添いもないのはさすがに心細く、ですがこうした事情で家族や友人には言えず、かえって無関係の人に頼んだほうが気が楽なのではないか、と考えていた矢先に叔父から聞いた霧島様の話を思い出しました。

広告もなにも出しておられず、おもに喫茶店の利用客を対象としたサービスであるというようなお話だったと思うのですが、可能であればこの依頼を受けていただけないでしょうか。

手術は十月八日を予定しております。ご連絡をお待ちしております。

ほんとうは霧島が行く予定だった。清川さんは遠くからとはいえ実際の霧島の姿を確認したうえで「この人にならば」と決意して手紙を送ってきたのだろうから。

それでも霧島がわたしを行かせることにしたのは、リルカが「だめ、行ったらだめ」と駄々をこねたせいだ。

「今度こそ同情が愛に変わるかもしれへんやん。それはだめ。そんなんわたし、耐えられへん」

「そんなこと、あるわけないやろ、リルカ」

彼らが話しているあいだ、わたしは静かに待っていた。ほんまに？　ほんまやで。でもやっぱ心配やんか。俺のこと、そない信用でけへん？　そんな言いかたずるいわ霧島さん、すねた顔もかわいいなフフフ、やめてよずるいわ、ずるいかな、などと言いながら手を取り合い、見つめ合ったのち、「ほんなら、三葉を行かせることにしよか」という結論が出るまで、ずっとだ。

そうしたやりとりは彼らの交際を盛り上げる燃料、あるいは長めの前戯《ぜんぎ》のようなものだ。単なる雇われの身である自分がそこに水をぶっかけるような真似はしてはならない。いかに空気の読めないわたしでもそれぐらいはわきまえている。待っているあいだ、『傘』のドアの内側にかかった『OPEN』の札を眺めていた。そういえばローマ字を覚えたての小学生だった頃にあれをオペンって読むんだと思ってたな、などとぼんやり考えていた。オープンという言葉を知っていたはずなのに中学で英語を習うまでOPENとオープンを脳内で結びつけることができなかった。

そこまで思い出してから、あらためて「オペン」と口の中で呟いてみた。知らない国の知らないお菓子の名前みたいだ。なんとなくだけど木の実が入っていそう。

よそ見体質はああいう時にはとても役に立つのだなと思い出しながら、わたしは車を発進させる。清川さんには、いちおう電話で事前に確認した。「女性のかたがいるならそのほうがいいです」という返事だった。

前島総合病院の併設のカフェで待ち合わせる約束をしている。明日の手術に備えて、今日は診察とさまざまな処置をおこなうらしい。

駅前の街路樹が黄色く色づいていた。すこし前までうんざりするほど暑かったのに、もうそこいらを歩く人も秋の装いになっている。どうりで肌寒いはずだ。ハンドルを握るシャツ一枚の自分の腕はなにやら頼りなく見える。

びょうと音が鳴るほどの強い風が吹いて、飛んできた銀杏《いちょう》の葉がワイパーにひっかかり、また風で飛ばされる。

清川さんの写真はなかったが、待ち合わせ場所のカフェに入ってすぐにどの人かわかった。丸顔に丸いフレームの眼鏡をかけていて、デフォルメされたキャラクターのようだ。会った人全員が「地味だけど感じの良い人でした」と証言しそうな、そういう雰囲気の人だ。手縫《てぬ》いとおぼしきガーゼのマスクの隅にごく小さく花の刺繍が入れてあった。

白いTシャツの上にグレーのカーディガンを羽織《はお》った服装といい「今日はよろしくお願いします」とわたしに向けるやわらかな笑顔といい、おだやかそのものだ。明日大きな手術を控えている人にはとうてい思えない。

「なにか飲みます？」

「清川さんがここでわたしとお茶を飲みたいのなら、そうします」

基本的には依頼者がやってくれと言ったことをやるし、やらないでくれと言われたことはしない。そのぶんの料金はもらっているし、自分はあなたの家族や友人ではないので、空気を読むとか忖度《そんたく》するとか、そういうことはいっさい必要ない。基本的に「察してほしい」というのはわたしには通用しない。だから指示されたことしかしないのでそのつもりでいてほしいと、いつものように説明した。

「言われたことは、なんでもするの？」

「できないことはできません。やりたくないこともやりません」

察することができなくてもこちらに感情や意思がないわけではないので、と説明すると、清川さんは「なるほど」と頷いた。

「それって」

すごく、と一瞬下を向いて、それから「楽ですね」と微笑んだ。

「楽ですか？」

「はい。じゃあ、予約の時間までにまだすこしあるので、ここでなにか飲みましょう。すこし話をしたいので」

言葉を選ぶようにしばらく黙ってから、「いくら他人のほうがいいと言ってもすこしぐらいはあなたのことを知っておきたいなと思うので」とつけくわえた。

「わかりました。では自分のコーヒーを買ってきます」

カウンターでトレイを受け取ってから、奥の席で待っている清川さんのもとに歩いていく途中、視線を感じた。

壁際の二人がけのテーブルに、髪の長い女の子がいる。このあいだもこのカフェにいて、そうしてわたしのほうを見ていた。今日は母親らしき年頃の女の人が向かいに座っている。なにか色紙のようなものを出して喋っていたが、女の子はあまり真剣に聞いていないようだった。彼女の視線が、しつこい犬のようにわたしの動きにはりつく。母親らしき女の人が、それに気づいた。わたしに向かって、怪訝《けげん》な顔で会釈をする。無視するわけにもいかず、同じ動作をした。

その翌日、手術がはじまるちょうど一時間前に清川さんの病室を訪れた。六人部屋だった。窓側のベッドだったので気が紛れていいと喜んでいる。

「ま、そうは言ってもちょっとしかここにはいないんですけどね」

五日間の入院予定だった。五日間を短いととるか長いととるかは人それぞれだろうが。

清川さんは二十代の頃に一度入院したことがあるらしい。

「そこはね、古くて不気味な病院だった、ここはカフェとか食堂とかいろんな設備が整っているみたいね。きれいだし、ちょっとしたアミューズメントパークみたいじゃない？」

清川さんは明るい声を出しているが、昨日会った時よりすこし顔色が悪かった。緊張を紛らわせようとしているらしく、絶え間なく喋り続ける。

点滴の管《くだ》につながれた姿で、清川さんがわたしに手招きをする。

顔を寄せると「いま紙でできたパンツ穿《は》かされてるんですけど、意外と違和感ないです」と囁かれた。紙製のパンツ、意外と違和感なし。後々役にたつかどうかはわからない知識を、わたしはまたひとつ増やした。

「この病院、屋上《おくじょう》は庭園みたいになってます」

紙パンツの使用感の知識のおかえしと言ってはなんだが、わたしもこの病院に関するミニ情報を提供することにする。

「ウッドデッキっていうんですか。それがあって、花が植えてあります」

「そうなんですか？　退院前に調子が良かったら行ってみます」

窓の外を眺めて、あれは何のビルだとか、ここから川が見えるなんて思わなかったとか、そんな話をしているうちにきびきびした動作と口調の看護師さんが現れた。

手術室のすぐそばに待合室があるというので、そこで待つことにした。三〜四時間にわたる手術だという。全身麻酔をするので、それから目覚めるのにさらに数時間かかる。

「三葉さん、手術のあいだは適当に待っててくれてかまわないんですけど、わたしが目を覚ました時はかならずそこにいるようにしてもらえませんか」

わかりました、かならず。そう答えて、ドアの前で見送る。

「じゃ、行ってきます」

手術室のドアの前でわたしを振り返る清川さんの態度は、ほとんど隣の看護師さんのそれと変わらない落ちつきぶりだった。

待合室のテレビから甲高い女の声が聞こえる。情報番組らしく、カラフルなセットに目がちかちかしてきた。家族の手術を待っているらしい数名が壁際の椅子を占拠《せんきょ》しており、わたしの座るスペースはなさそうだった。

前島総合病院は、今のところはどの病棟も面会が可能だが、もしひとりでも感染者が出れば即面会中止になるようだ。だから気をつけましょうというようなことが、エレベーターの前のはり紙に書かれていた。この街では今はそうでもないが、そう遠くない大阪市内では毎日けっこうな数の感染者が出ている。同じ街でも、四月からずっと面会禁止のままの病院もある。

明日がどうなるか、わからない。でもそれはわたしだけではなく、今やすべての人が、そうなんだろう。

ふと思いついて、階段で三階までおりてみた。三階には内科の入院病室があり、そこに権藤さんがいる。権藤さんは上体を起こして座っていた。最近は行っても寝ていることが多かったから、すこし驚いた。

このあいだ合鍵を預かって入った権藤さんのひとり暮らしのアパートはわたしの想像よりずっと片付いていた。酒瓶がいくつも、洗って逆さにした状態でカゴに置いてあった。畳みかたは雑だったが、下着は下着、その他の衣類は衣類と、きっちりとわけて箪笥《たんす》にしまわれていた。それなりに秩序《ちつじょ》ある生活をしている人間の部屋だった。なんならわたしよりも、よほど。

エレベーター手前に設置された消毒液を両手にすりこみ、病室に足を踏み入れる。ぼんやりと天井を眺めていた権藤さんがわたしに気づいて、力なく首を動かした。

「ちょっとは笑えや」

若い女がいっつもいっつも仏頂面《ぶっちょうづら》で、と言ってから咳きこむ。背中を指さすような仕草もする。さすってくれという意味ですかと訊くと、苦しそうに数回頷いた。

背中をさする手に骨がごつごつと当たる。

「権藤さんが笑ってほしいというなら笑いますが、『若い女が仏頂面なのはおかしいから笑うべきだ』と常識に沿って行動せよというならばその指示には従えないですよ」

咳がおさまってから、そう説明した。ある種の人々は、自分の欲求を欲求として口に出すことを厭《いと》う。常識とか規範とか慣例とかというものに沿ってものを言うことのほうが正しいおこないだと思いこみ過ぎている。

しかしわたしのその主張は権藤さんに「屁理屈《へりくつ》だ」と一蹴《いっしゅう》されてしまった。

「かわいげがないな。ようは自分がやりたくないことをやらないっていうだけやねん、お前は、いっつも」

「そうですよ。最初からそう言ってるじゃないですか」

かわいげがあるとかないとか、理解できない曖昧な定義がまた登場した。わたしはそもそも自分が百パーセント正しいなどとは一度も思ったことがない。

お前みたいな生意気な若い女が一番嫌いだ、と権藤さんが顔を背ける。

「わたしも権藤さんのことは嫌いですがまた来ます」

なぜならこれがわたしの「しごと」だからだ。

「またな姉ちゃん」

なぜか権藤さんの隣のベッドのまったく関係のないお爺さんの挨拶に手を上げて応じな

がら、病室を出た。

清川さんの手術は無事に終わった。眠っている状態で運ばれてくるものとばかり思っていた清川さんは、しっかりと目を開けていた。覗《のぞ》きこんだわたしの目をしっかりと見て「ありがとう、あとでまたよろしく」と言って、すぐにまた目を閉じた。

病室のベッドに移動させられる姿を、すこし離れたところから見守る。

医師からなされる説明は事前に預かったＩＣレコーダーに録音し、念のためにメモを取る。あとで清川さんに報告しなければならない。

眠り続ける清川さんの傍らで、わたしは霧島に借りた本を読む。

私は悪人です、と言うのは、私は善人ですと言うことよりもずるい。私もそう思う。でも、何とでも言うがいいや。私は、私自身の考えることも一向に信用してはいないのだから。

なぜか霧島を思い出させる文章だった。本を貸してくれた相手だから、というわけでもない。霧島がこれを書いた、と言われたらあっさり信じてしまいそうな気さえする。でも実際にはこの『私は海をだきしめてゐたい』という話を書いた人は坂口安吾《さかぐちあんご》といい、わたしおよび霧島がまだ生まれてもいない頃にすでに死んでいる。眼鏡をかけていたことおよび部屋が汚かったらしいことぐらいしか知らない。

病院の売店で買ったおにぎりを音をたてないようにゆっくり食べて、すこしのあいだ目を閉じて座っていた。外はもうすっかり暗くなっている。窓ガラスに額を押しつけると、ひんやりとして気持ちが良い。

「三葉さん」

名を呼ばれて、振り返った。

「はい」

「手術、終わったよね？」

「そうです。おつかれさまです」

「全身麻酔ってすごいよ。すごい、一瞬だと思ったけど、もう何時間も経ってるんでしょ？　え、今何時？」

口調ははっきりしているが、視線は不安定に天井のあたりをさまよっている。

「ありがとう、もう帰ってもらってもいいですよ」

「他になにかすることはないですか」

清川さんは天井を眺めたまま、しばらく黙った。

「水が飲みたい」

「明日の朝まで飲食禁止です。水もだめです」

「うん、知ってる」

ちゃんと知ってます、と目を閉じる。また眠るのかと思ったが、そうではなかった。

「言ってみただけです」

言ってみただけ、と繰り返すわたしにちらりと視線を送って、ふふっと声をもらした。

「そう。言ってみただけ……確実にお願いしたいことだけを口にするってけっこう難しいかもしれませんね。最初は忖度みたいなことが必要なくて楽だなと思ったけど」

「そういうものですか？」

「だってぜったい無理なことでも、言ってしまうことってあるでしょう？　たとえば……空が飛べたらいいのになあ、とか」

「わたしは言いません」

仮定については考えないことにしている。考えないから、言いもしない。

「息するだけで三億円もらえたらいいのになあとか」

「三億円」

そう、と笑って、目を開けた。枕元に置いた眼鏡をとってくれと言われて、手渡した。術後に眼鏡をかけてはいけないとは言われていないはずだ。

「自分の子ども、産んでみたかったなあ、とかね。ねえ、三葉さんにはつきあってる人がいるんでしょう?」

「いいえ。いません」

「え、もったいないね。そんなに若くてかわいいのに」

でも今まで恋人ゼロではないんでしょう? そう問われて、遠い記憶がよみがえった。学生時代に一度だけそういうことがあった。好きですつきあってください、と相手から言われて了承した。

映画を見たり、公園のベンチで何時間も過ごしたり、そういう他愛ない日々が続いた。

別れの原因はキャンプだった。と言っても、ふたりでキャンプに行ったわけではない。

「友人たちとキャンプに行ってきてもいいか」と彼から問われたのだ。

「いいよ」とわたしが答えると「女の子も来るよ? ええの? え? 心配じゃないの?

なあ！」となぜか彼は必死に言いつのった。

「心配ってなに？　どういう意味？」

わたしが問うと彼は「質問に質問で答えんな！」と怒り出した。

それから数週間後に「もう無理」と告げられた。連絡するのはいつもこっちからだし、一緒にいてもつまらないし、気を遣ってばかりで疲れるのだそうだ。それで、完全に終わった。

「恋人がいたこともありますが、あんまりいい記憶ではないです」

別れはたいして悲しくはなかった。なつかしく思い出すこともない。

「そう」

わたしはね、と言いかけて、清川さんは黙ってしまった。

「すこし、疲れたかも」

「疲れたかも。疲れたかどうか自分でもよくわからないという意味でしょうか」

「疲れた、です。三葉さん」

「はい」

「もうしばらくここにいてほしいって言ったら、いてもらえますか。追加料金が必要なら、払います」

「はい。追加料金はどうでしょう、いらないと思いますが、あとで霧島に確認します」

「ああ、霧島さん」

遠くから見ただけだけど、と言う時の清川さんの声は半分眠りに落ちかかっているようだった。あのひと……に似てる……んです。そう聞こえた気がしたが、さだかではない。

わたしは掛け布団の上に投げ出された清川さんの手を見ている。ふっくらした白い手。静かすぎる病室では、点滴の落ちる音さえ聞きとれそうだ。

# 2020年11月

「お前、俺がやれって言うたことはする言うたよな」

会うたびに、権藤さんの話す声は小さくなっていく。腹に力が入らないらしい。わたしは替えの新しいタオルをベッドの脇の棚に入れる手をとめずに「なんでもじゃないですよ」と答えた。

「わかってるわ……くどいな」

もう怒る力もないのか、天井を眺めたまま鼻を鳴らす権藤さんの顔を盗み見る。肌の色がうっすらと黄色くなりはじめているのは、病状が悪化しているからだ。

「ほたるいしマジカルランド」

権藤さんが口走ったのが遊園地の名前であると気づくのにしばらくかかった。

社長自ら出演するテレビコマーシャルがひんぱんに流れている。つばの広い白い帽子にふりふりのブラウスを合わせた社長は「マジカルおばさん」の愛称で親しまれている、らしい。インターネットでするっと得た知識なので断言はできかねる。

絶叫マシンに乗って文字通り絶叫している映像と「マジカマジカのマジカルランドゥ～♪」という、間の抜けた、しかし強烈に耳に残るメロディーが印象的だった。あの遊園地のことか、と理解してもなお、権藤さんの口から突然その名が発されたことが謎だった。

「ほたるいしマジカルランドがどうかしたんですか」

「行きたいって言ったら、お前連れていってくれるか」

「無理です」

今の権藤さんに外出許可がおりるとは思えない。権藤さん以前に、この病院がいつ面会禁止になるかもわからない状況の中で、無責任な約束はできない。

「ほたるいしマジカルランドになにかあるんですか」

「それはお前には関係あらへん」

権藤さんの両手が動いて、なにかにつかまるような仕草をしてみせる。痩せ衰えた腕の細さから、わたしは目を逸らさなかった。逸らすまいとした。

「なんとかって乗ったことあるか」

「メリーゴーラウンドのことですか。ありますよ」

ほたるいしマジカルランドではないが、子どもの頃に家族で遊園地に行ったことはある。

メリーゴーラウンドより、姉と自分の姿をカメラにおさめようと奮闘する母の姿のほうが記憶に残っている。足を大きく開き、腰を落とした滑稽《こっけい》な姿勢で、必死に「笑って！　もっと笑ってよ！」と叫んでいたこと。

そこまでして笑顔を撮る必要があるのか？　という疑問でわたしの顔はひきつった。わたしがあまり楽しそうにしなかったという理由で、母は遊園地を出てからもずっと不機嫌だった。せっかく連れてきてあげたのに、とご立腹だった。

病室を出たところで、看護師さんと鉢合わせした。ためしに外出許可について訊ねたが、やはり困った顔をされた。この看護師さんは、院内でしょっちゅう見かける。動作がきびきびしていて、特徴のある低い声でよく喋っているから顔が覚えられなくても識別できる。きっちりときれいにまとめた頭を左右に振りながら「そういえばあなた、ご家族じゃないんだってね」とわたしにぴたりと視線を当てた。なにかを確かめようとするような、きびしい目つきだった。

「はい。家族の代理です」

「ほとんど毎日来てるんだって？　お孫さんかなにかかと思ったら、ほかの看護師からどうも違うらしいって聞いて」

もうはっきり訊いちゃうけどさ、権藤さんのなんなのあなた、と疑わしげなまなざしを向けられて「しごと」について説明しなければならなくなった。へえ、そういう商売があるのねえと頷いてくれたが、瞳に浮かぶ疑念の色は消えない。無理もない。どう説明してもこの「しごと」にはうさんくささが漂う。

「そういう商売ってけっこう存在するもんなん？　もしかして、最近は」

「ほかにあるのかは知りませんが、わたしはやっています。雇われですが」

「あの人、ほんとうに家族おらんのやね。ひとりも？」

「そうらしいです」

看護師さんは数回頷き、それからふっと眉をひそめた。

「今後のことを相談する場合は、じゃあ、あなたにってことになるの」

今後。はっきりとは言われなかったが、快方に向かうことはない病気の先にある死、を意味するということぐらいはわたしにも見当がついた。

「ええ、そうしてください」

遊園地、遊園地か。口の中でぶつぶつ繰り返しながら、こんどは婦人科の外来に向かう。

清川さんとの約束があった。先日退院した清川さんは、今日は術後の経過観察のための診察を受けるとのことだった。もし結果がおもわしくないものであれば、話を聞いてくれと言われていた。ただ聞くだけでいいと。診察はすでに終わったという。問題ないって、と明るい声を出した清川さんは、わたしを屋上に誘う。

「入院中、結局一度も行けなかったから、見ておこうと思って」

「そうですか。では行きましょう」

「うん、行こう」

清川さんのわたしに対する口調からいつのまにか敬語が消えている。毎日のように顔を合わせるうちに、自然とそうなった。

病院併設のカフェで買ってきたコーヒーを手にした清川さんはゆっくりとベンチに腰をおろした。ウッドデッキになっている床とベンチと花壇があるだけの細長い空間、といえばたしかにその通りではある。

清川さんは風が気持ちいいと言いつつ薄いコートの前をかきあわせている。清川さんが紙コップの蓋をとって、膝に置く。蓋に口をつけているわたしを見て「わ」と素《す》っ頓狂《とんきょう》な声を上げた。

「三葉さん、その穴から飲むの？」

蓋についている小さな穴。そこから飲むために存在するものではなかったのか。

「そうですけど」

「そうなんだー。わたし、蓋は外しちゃう」

だって入ってるコーヒーがどれぐらい熱いかわからないでしょう、と清川さんは肩をすくめる。

「飲んで、熱い！　ってなるのがこわい。火傷《やけど》したことない？」

「あります」

「でしょうね」

「でもまあ舌を火傷したら、ああそうかまだ熱かったんだな、と思うだけです」

「三葉さん、すごいね」

「すごいでしょうか」

「うん。わたしはまるでだめ。臆病《おくびょう》だから」

笑顔で手術室に消えていった清川さんの発言とは思えない。

「臆病なほうが長生きするらしいですよ」

「長生きかあ」

長生きねえ、と息を吐いて、清川さんが目を閉じる。

「生死にかかわることは怖いですけど」

意図せず、本音を漏らしてしまった。

舌を火傷するのが怖くないのは、それぐらいでは死なない、と思っているからだ。紙コップを持つ自分の手が震えていることに気がついた。

すこしずつ死に近づいていく人間を見つめ続けることはおそろしい。共感も感情移入もしない、そこがいい。引きずられることがない。それが自分の強みだと思っていたけれども、これまでの「しごと」の相手は、いずれ退院することがわかっている人たちばかりだった。

わたしはこれまで近しい人の死を経験してこなかった。父方の祖母と母方の祖父は健在だが彼らの配偶者はわたしが生まれる前に亡くなっている。遠い親戚や小学校時代の担任が死んだことはあった。お葬式に行ったこともあった。けれどもそれらはすべて起こってから知らされる類の、遠い死だった。不動産の尾瀬さんの死も、やはり遠かった。

「三葉さん」

気がつくと、清川さんの手が背中に置かれていた。

「……あの、だいじょうぶ？」

だいじょうぶです、と答えても、まだ清川さんの手はわたしの背中から離れなかった。とんとん、と一定のリズムで、赤ん坊を寝かしつけるように叩かれる。

「もうすこし、ここにいようね。三葉さん」

立場が逆転してしまっていると思いながらも、わたしはそのまま動くことができなかった。

「すみません」

「いいよ」

「寒いから、もう戻りましょう」

「いいよいいよ、ここは風が気持ちいいから」

ほらね、と清川さんが顎を上げる。

「いい場所だよね。庭園ではないけど。でもまあ、気分の問題だよね」

風でふわりと持ち上がった清川さんの髪に白髪がまじっていた。それは老化の証拠なのかもしれないけれど、それでもわたしの目にはきらきらしてとてもきれいなものに見える。

権藤さんを車椅子に乗せ、屋上に連れて行ったのは、それから三日後のことだった。

「なんやねん」

屋上には先客がいた。腕をギプスで固定した女性とその連れの女性だった。

車椅子を押して一歩進み、透明のビニール傘を持ち直した。黒いポリ袋に包んでいるからつるつるしてひどく持ちにくい。廊下を渡るあいだにも二度ほど取り落としてしまった。

「なに持ってんねん、それ。さっきからカンカンうるさいな」

「じきにお教えします。今は訊かないでください」

女性のふたり連れはわたしたちの姿を見るなり、ベンチから立ち上がった。すれ違う時、権藤さんを見ないように努力していた。不自然に固定された顔の角度でそれがわかった。

今日はよく晴れている。風はないが、日陰はひんやりと肌寒い。東のほうにひつじ雲が浮いていた。

陽の光が、日陰から飛び出した権藤さんのつまさきの部分を白く染める。権藤さんに見えないように、車椅子の後ろにしゃがんで傘を取り出した。

「ちょっと、失礼します」

権藤さんの頭にヘッドフォンを装着して、スマートフォンのプレイヤーを立ち上げた。ストリートオルガンの演奏による楽しげなメロディーをとつぜん鼓膜《こまく》に注ぎこまれて、権藤さんは困惑の表情でわたしを見上げる。

かまわず、傘を広げた。「えぅあ」というような声をもらす権藤さんの頭上で、ゆっくりと傘を回転させる。

昨日の夜、リルカとつくった傘だ。透明のビニール傘の内側に、アクリル絵の具で木馬や馬車が描かれている。リルカは意外と絵が得意なようで「こういうのもいるほうがいいでしょ」と馬の周辺にラッパを吹く天使や星を描いてくれた。

ほんとうは電飾も取りつけたかったのだが、時間がなかった。

傘に絵を描いてみたらどうか、と思いついたのは帰宅して『傘』の看板の絵を目にしたからだ。ちょうど『傘』でケーキを食べていたリルカに話してみたら「いいね、わたし手伝う」とにわかにはりきりだして、ホームセンターへの絵の具の買い出しにまでつきあってくれた。

「あとで霧島さんに請求するために領収書もらっときや、三葉ちゃん」

そんな存外シビアな一面も垣間見た。

「ちょっと、意外」

絵筆を動かしながら、リルカがそう言っていたことを思い出す。

「三葉ちゃんがそこまでするとは思ってなかった。その権藤さんのこと好きなん？ いや恋愛的な意味ではなくて。たとえば自分のお祖父《じい》ちゃんに似てるとか？」

「いや、ぜんぜん。権藤さんが払ってる金額のぶんの『しごと』をしたいなって、それだけ」

相手が誰であっても、わたしはたぶん同じことをする。後悔したくない。後悔したくないと思いながら行動したとしても、どうせ後悔は残るに違いないが。

「遊園地には連れていけないので、これで我慢してください」

「……子どもだましや」

「ＶＲゴーグルっていうんですか、ああいうのでどうにかできないかなとも思ったんですけど、予算的に無理でした。『廊下を超高速車椅子で駆けぬけてジェットコースターの気分を味わう』というプランもあるんですが、どうです、やりますか」

「するか。あほか」

権藤さんは唇を震わせながら、ヘッドフォンを外す。

「ボケが。この……クソボケ」

「ボケでもクソでもないです。これはあくまでも予算の問題なんです」

じゃあ部屋に戻りましょう、と車椅子に手をかけたわたしの手首に権藤さんが「待て」と手を置く。

「もう一回、見せろ」

「気に入ったんですか？」

「違う！……違うけど、見せろ」

権藤さんはそのあと二回、傘のメリーゴーラウンドを見た。口はずっとへの字に結ばれていたけれども。

「言うとくけど、べつにメリーなんとかに乗りたかったんちゃうで」

屋上から病室に戻る途中、権藤さんがふてくされたように吐き捨てた。

「ああ、そうですか」

車椅子を押しながら頷く。以前より押すのが楽になったのは、わたしの腕の筋力が増したからなのか、権藤さんが軽くなっているからなのか。

「俺。一回だけ行ったことあんねん、ほたるいしマジカルランド。キリコとな」

「キリコとは」

「娘や」

娘がいるなんて聞いていなかった。混乱しつつも車椅子を押し続けていると、権藤さんが振り返って唇の端を持ち上げた。

「驚いたか?」

「はい。とても驚きました」

もっとも血はつながっていないし、ずっと前に縁が切れているという。

三十年ほど昔、権藤さんは家電の工場に勤めていた。そこで知り合った女性と交際をしていた。女性には四歳の娘がいて、昼は工場で、夜は飲食店で働きながらひとりで育てていた。権藤さんは結婚を望んでいたが、娘が成人するまで待ってくれと言われて、内縁関係のまましばらく三人で暮らしていた。時期的には「キリコ」が中学生になるまで。十年近い年月だ。

「俺の浮気が原因で追い出されたんや。俺は工場も辞めて、まあ今日までいろんな土地の職場を転々としてきたわけやけど、何年か前にあいつがとつぜん訪ねてきてな」

「よく居場所がわかりましたね」

「年賀状のやりとりぐらいはしとったからな、その……女とは」

一方の浮気が原因で別れた男女が毎年年賀状を交換するということがうまく想像できず、わたしの頭ははげしく混乱する。

「俺のことお父さんって呼ぶねん、キリコ」

「そのキリコさんとの思い出の場所に行きたかったということですか」

エレベーターが静かに開く。乗客がいないのを確かめてから、権藤さんはふたたび話しはじめた。

母の古い年賀状を整理していたら、権藤さんが大阪を去った後権藤さんのものが紛れていたのだという。キリコは母親に内緒で、権藤さんを訪ねてきた。その際「お父さんと一緒に暮らしていた時期のこと、すごく楽しい思い出だよ」と言われた。

一度だけお父さんと一緒に遊園地に遊びに行ったこともあったよね、あの時は楽しかったね、と彼女はなつかしそうに目を細めていたそうだ。

「連絡先がわかってるのなら病院に来てもらったらどうですか？」

「そんな迷惑かけられへんて……わかるやろ」

「わかりません。わたしは、権藤さんじゃ、ない、ので」

車椅子からベッドに移動する手伝いをしながら答えたので、息が切れた。

迷惑をかけたくない。霧島に「しごと」を依頼する多くの人が、その言葉を口にする。わかる、と口先だけで言ってしまうのは簡単だけれども、残念だがわたしにはわからないのだ。

やっぱりお前はクソやな、と鼻を鳴らして、権藤さんは脇の棚の下の金庫を指さす。

「そこに封筒が入ってる。お前に頼みがある」

自分が死んだら、キリコに連絡してそれを渡してほしい。それが権藤さんの頼みだった。封筒は薄っぺらく、なかの現金がうっすら透けている。

「連絡先はそこに書いてるから」

「……わかりました」

訪ねて来た時、キリコは「お父さん、わたし離婚してん」と話していたという。その亭主っていうのが暴力ふるうような男やったらしい、せやからそいつから逃げ隠れるみたいにして暮らしとったんやキリコは、母親と同じやで、男運がないねん、かわいそうになあ、と話す声はもうほとんど寝言みたいに不明瞭だった。その時もきっと権藤さんはキリコにお金を渡したのだろう。

「権藤さん」

返事はなかった。眠ってしまったらしい。

封筒を金庫に戻してから、病室を抜け出した。空は相変わらず晴れていたけれども、わたしはメリーゴーラウンドの傘を開いた。頭上で白馬や天使が舞い続けるのに合わせて、小さな声で歌った。すれ違う人がふしぎそうにわたしを見ていったけれども、それはわたしにとっては、ほんとうにどうでもいいことだった。

目が覚めた時、そこがどこだかわからないことがよくある。毎日帰って眠る自分の部屋であるのに。ポスターの跡が残る天井を眺めたまま、しばらく動けずにただまばたきだけをくりかえす。昔の夢を見ると、よくそうなる。

悪夢、というわけでもない。ただ夢に父や母が出てきて食事をしていたり話をしたりするだけの、言葉にすればじつに他愛ない内容なのに、家族の夢は起きてからしばらく手足にまとわりついて、わたしの動きを鈍くする。

カーテンの向こうの世界はすでに白く明るい。時刻はもう十時を過ぎていた。『傘』はすでに開店している時刻で、スマートフォンには起きたら店におりてくるようにという霧島からのメッセージが入っていた。

二木ってやつ覚えてるか、と霧島に訊かれた時、しばらく思い出せなかった。真樹也くんが連れてきた、あの、という補足でようやく「ああ」と頷く。コーヒーを飲んだが、味がよくわからない。寝ぼけている時はいつもそうだ。

目の前に皿が置かれる。きれいなきつね色に焼けたトーストの真ん中でバターのかたまりが溶けかかっていた。はんぶんに割ると、裂《さ》け目からやわらかな湯気が立ちのぼる。

「リルカはそれに砂糖をふりかけるのが好きやねん」

「ふーん」

ガラス製の容器から砂糖を掬《すく》ってみた。降りつもったばかりの雪のようにきらきら光る。ひとくちかじると、さくっと良い音がした。

「じゃりじゃりする」

「そこがおいしいんやて。俺は甘いの苦手やから試したことないけどな。あ、それでその、二木くんがな」

　足をケガしたので「しごと」を頼みたい、という連絡があったそうだ。

「あんたを指名してきたけど、どうする？」

「指名。そんなシステムがあったとは知らんかった」

「ないけど、してきたんや」

　霧島の「しごと」の依頼者は、たいてい年寄りだ。四十代の清川さんが今まででいちばん若い相手だったぐらいだ。二木の依頼を受ければ二木が最年少ということになる。

「ケガってひどいの？」

「いや、そうでもないらしいけどな」

「じゃあなんで？」

「通院の送迎を頼みたいって。電車とかほら不便やんか」

　まあでも、なんせ相手は若い男やし、と霧島が腕を組む。

「もしかして、あんたに気あるんちゃう」

「まさか」

「俺が行こうか？　三葉が満更でもないならええけど、あぶないで」

「こっちは気がないし、若かろうと男だろうと、いつもと同じことするだけ」

「ああ、うん」

明後日の午前九時に二木のマンションに迎えに行くこと。地図を転送してもらい、そこで話が終わった。トーストを食べ終えてから、すこし迷って口を開く。

「霧島さんは、知り合いが急におらんようになったことってある？」

霧島の良いところは、どんな時も大仰《おおぎょう》な反応をしめさないところだ。どんな質問にもすこぶる落ちついた様子で「いや」とか「うん」とか短く答えるだけだ。今日は「うん」だった。

「あるよ。幼なじみが、ひとり」

「その時、どうした？　さがした？」

「いや。もう大人やったしな。ただあぶなっかしいやつやったし、行旅死亡人《こうりょしぼうにん》の情報はいつもチェックしとったわ」

行旅死亡人。知ってはいても、わたしのこれまでの生活で使う機会のない言葉だった。ネットで見れるで、と教えられて、さっそくスマートフォンを開いてみる。

「こんなに……？」

性別と外見の特徴、推定年齢や発見された場所などが簡潔に書かれている。ほとんど毎日のように身元不明の遺体が発見されていることに目を瞠《みは》る。

カウンターに片手をついた姿勢で、霧島はテーブル席のあたりに視線をさまよわせてい

る。なにを考えているのかはてんで見当がつかない。これまでに見当がついたことなど一度もないのだが。

「そうやな。いっぱい載ってるな」

どんな感じなんやろうな、と霧島が呟く。

「ひとりでひっそり死んでいくって」

「知らん。死んだことないもん」

ごちそうさま、と席を立つ。霧島の幼なじみがそのあとどうなったのか、行方はつかめたのか、訊きそびれた。訊けなかった、のほうが正確かもしれない。


二木の住むマンションは、『傘』のある街とそこまで遠くない場所であるにもかかわらず、まるで違う風景の中に立っていた。再開発を終えたばかりで、ぴかぴかの建物にも広めにとられた歩道にも街路樹にも唐突にあらわれる石畳の公園にも、精巧《せいこう》なつくりもの感が漂う。

いわゆるタワーマンションというやつだ。真下に立って見上げても、てっぺんがどうなっているのか見えない。

約束していた時間を十分ほど過ぎた頃に、二木がようやく出てきた。

「あー、待った？」

「はい、十三分待ちました」

二木は「姿の良い男」の部類に入るかもしれない。マスクをつけているため顔の造作はわからないが、背が高くて顔が小さい。前回はカウンターに座っていたので、全体像をつかめなかった。そういえばその際マスクをしていない顔を見ているはずなのだが、思い出せない。

わたしは車に寄りかかって、足を引きずるようにして、ゆっくり、ゆっくり歩いてくる二木を眺める。引きずっているほうの足に白い包帯が巻かれていた。

後部座席のドアを開けてやると「わー、お姫さまになった気分」と言ってひとりで笑った。

「王子さまじゃなくて、あくまでもお姫さまね」

なにも答えなかったわたしに、なおもお姫さま云々を繰り返してくる。

「だって王子さまは馬に乗るでしょ？」

馬に乗るでしょ、などと言われても困る。そんなもの、どこの国のどの時代の王子さまかで話がずいぶん変わってくる。王室のある国はひとつではない。

車に乗りこむ際、二木の右の足の甲に巻かれた包帯が目に入った。ギプスはしていない。

「骨折とかではないんですね」

「うん、先週ちょっとひねっちゃって」

酔って階段を降りていてケガをした、とのことだった。今日の診察はその後の経過を診るためであり、付き添いが必要なほどの状態にも思えない。いつものように「しごと」についての説明をはじめたが、二木はほとんど聞いていない様子でフンフンと前髪をいじっていた。

「三葉ちゃんだっけ」

三葉ちゃん。そう呼ばれるのははじめてではないが、二木の口から発せられると、なにかざらざらしたもので皮膚《ひふ》を擦《こす》られたような感触がある。

「かわいい名前だなと思ったんだけど、名字なんだってね」

「そうです。じゃあ、行きましょう」

二木が診察の予約を入れているという大学病院までの地図を今いちど確かめてから、車を発進させた。はじめて行く病院は前日までに下見を済ませることにしているが、今回はその時間がなかった。

「三葉ちゃん。下の名前はなんていうの、ねえ」

ねー三葉ちゃーん。後部座席から投げかけられた声に聞こえないふりをする。

外来の待合室はずいぶん混雑していた。前の診察が長引いているのか、予約の時間を過ぎても二木の名は呼ばれなかった。二木はべつだん気にするふうでもなく、長い足を投げ出してさまざまなことを話し続ける。

自分が会社でいかに責任あるプロジェクトにかかわっているか。それから人脈がどうのとか、セルフブランディング？　がどうとか、そんな話のほとんどを聞き流した。聞き流す、とは真剣に耳を傾けつつも自分の中には留め置かない、ということだ。だってすべて抱えていたらきりがないから。

二木の話はまだ続いている。

「……で、最近後輩の相談にのることが多くて、ほら、真樹也なんかもそうなんだけど、やっぱ若いやつは悩みが多いから」

「そういうものなんですね」

同意を示しているわけではないが、話の腰を折らない相槌の打ちかたも、聞き流すことと同様にずいぶんうまくなった。

二木がまたなにか言いかけた時、ようやく名が呼ばれた。

診察室に消えていく背中を見送ってから、わたしは大きく息を吐く。病院はどこもみんな同じような匂いがするな、と思いながら目を閉じた。

二木は話し相手が欲しかったのかもしれない。診察を終えて、会計の順番を待つあいだに、ふとそう思った。

家族が遠方にいるわけでもなく、本人の話では友人も多いらしい二木は、診察の待ち時間程度であってもひとりでいることに耐えられないほどの寂しがり屋なのかもしれない。

天井から吊《つ》るされた電光掲示板に番号が表示されたら会計に向かうシステムになっている。二木の手元にある紙切れの番号を見るかぎりもうしばらく待たされそうだ。

「空気乾燥してるね、ここ」

二木がかすかに咳払いをする。

「そうですか」

首を傾げるわたしを見た二木の眉がわずかに寄る。

「いや、飲みものが欲しいって意味なんだけど」

ふ、と大きく息を吐く。

「なんか買ってきてってことでしょ、この場合。常識で考えて」

空気乾燥してるねイコール飲みものが欲しいから買ってきて。二木の住む「常識的な世界」では、そんなクイズのような会話がなされているのだろうか。

自動販売機でペットボトルの緑茶を二本買って戻ってくると、二木はなにも言わずにそれを受け取り、マスクをずらして口をつける。喉仏が大きく上下する。よほど喉が渇いていたらしい。

半分ほど飲んでからわたしの手元を見て、ちゃっかり自分の分も買ってきてるじゃん、と鼻を鳴らす。

「そういえば、さっきの話なんだけどさ」

診察を受ける前に聞いた、若いうちは悩みが多い云々のことらしかった。あの話、まだ終わっていなかったのか。

「俺らって、ずっと不安定な時代を生きてきたわけじゃない？」

「俺ら」には、どうやらわたしも含まれているらしかった。

「君は今こういう仕事やってて、いろいろ不安じゃないの。将来のビジョンとかちゃんと持ってる？」

鼻から緑茶を噴きそうになった。びじょん、と復唱してみる。頭の中でハトが羽ばたく。いやあれはピジョンか。

「明確なビジョンを持ってないやつはどっかで詰むんだよ。『あれ、こんなはずじゃなかった』って年取ってから思っても遅いでしょ。だからさ、俺なんかはいつも後輩に忠告してるわけ、目先のことにばっかり囚《とら》われてちゃだめだってさ。女子はとくにそうだよ。男よりいろんなリミット、あるでしょ？　まあ君みたいな子、ほかにも知ってるけどね俺。その場しのぎで生きてます、みたいな子。……病人のお見舞い代行とか、通院の付き添いとか、もしかして社会貢献みたいに勘違いしてない？　誰かの役に立ちたいみたいな？　うん。うんうん。ま、正直ね、真樹也から話を聞いた時は正直、目のつけどころは悪くないなと思ったんだよ？　単身者も高齢者もこれから増えていくもんね。コロナ関連で多くの弱者が切り捨てられたと感じていると思う。弱者に寄り添うって視点は大事。でも今現在それはビジネスとして成立してるのかなって首を傾げちゃうところはあるかな。将来性を考えると、やっぱね。君の十年後、その先はどう？　要するに君がやってることって便利屋の使いっ走りでしかないわけだから。俺、正直ね、君にそれ伝えたくて依頼したんだよ。わかってる？　自分の甘さについて、自覚はある？」

うっかり笑い出しそうになった。あんたに気あるんちゃう、と心配していた霧島を思い出しておかしくてたまらない。話し相手が欲しかったのかな、なんてのんきなことを考えていた先刻《せんこく》の自分もだ。

満たされぬものを満たすために、霧島に「しごと」を依頼したのだ、この男は。本人にその自覚があったのかどうかはわからないが。甘いよ、と言った時の表情はほとんど恍惚《こうこつ》としていた。誰かを見おろすのは、そんなに気持ちが良いものなのか。

がまんしようとしたが、肩が震えてしまう。二木が「なに笑ってんの、ちゃんと君、話聞いてる?」と眉間《みけん》に皺を寄せる。

「言っとくけどこれ、君のために言ってんだよ。さっきもさ、俺がお茶買ってきてほしいの全然わかってなかったでしょ? ああいうのってまともな社会ではまず通用しないからね。女の人ってわりとそうなんだよね、自分の気持ちを察してほしがるわりに、周囲から同じことを求められるとすぐ権利だとかなんだとか持ち出して怒るの、俺思うんだけどほんと良くないよね」

わたし本人に向けられた言葉のようでいて、そうではない。二木は「女の人」とか「若いやつ」とか、そういったかたまりに向かってひたすら喋り続けている。だから。

「だからあなたの言葉はなにひとつ、わたしには響きません」

二木が、ようやく喋るのをやめた。一時停止した映像のようにぴくりとも動かない。

「……いや、いきなり『だから』とか言われてもちょっと意味がわかんないんだけど」

電光掲示板に新たな番号が表示される。二木のものだ。

「では、わたしはこれで失礼します」

ちょっと、ねえ。困惑したような二木の声が背中にぶつけられたが、振り返らなかった。

もうじゅうぶん満たされただろう。二木の足からはすでに包帯も取り払われている。「しごと」は果たした。

病院を出てからスマートフォンを見ると、着信が一件あった。気づかなかった「星崎（母）」という表示を数秒眺めたのち、電話をかけ直す。

「三葉さんすみません、お仕事中でしたよね、すみません」

電話に出るなり星崎くんのお母さんは何度も謝った。おなじ回数大丈夫です大丈夫ですと言った後でようやく用件が聞けた。星崎くんのことで話があるのでどこかで会って相談できないか、とのことだった。

「ご自宅まで伺《うかが》います」

電話を切って、霧島の番号を呼び出す。二木のことを報告すると、電話の向こうから低く唸《うな》る声が聞こえた。

「勝手なことをしたし、今日の給料はもらえない」

「いいって。そんなん、気にする必要ない」

ひとりで行かせた時点で、「しごと」の裁量はわたしに委ねているのだから、現場での対応について自分が文句を言う気はない、とのことだった。

「あと、もうひとつお願いがあって」

「うん。ええよ」

「まだ言ってない」

ちょっと行きたいところがあるのだが車をこのまま使わせてほしい、とお願いするつもりだった。

「うん。でも、ええよ」

お願いの内容を一切聞かずに、霧島は電話を切った。いいけど無事に帰ってこいよ、とだけ言って。そんなに危険な場所に行くわけではないのだが。

まあいい。とにかく役目は果たした。財布の中には小山洋美さんからもらった『お寿司500円分無料券』が入っている。

「あら、やっと来てくれたん」

店に入ってきたわたしに気づくなり、千穂子さんが駆け寄ってくる。はい来ました、と答えるわたしの肩をばしっと叩いて「あいかわらずクールだね」と笑い出した。

酢飯の香りが鼻をくすぐる。カウンターは傷だらけで、壁の張り紙はよれている。店内の客は少ないが、持ち帰りを待つ客が列をつくっていた。

「ほら、座って座って」

「あ、いえ持ち帰りでお願いします」

「そうなん？　じゃあこっち」

どうやら持ち帰り専用のカウンターがあるらしかった。何度か来ているのに、ちゃんと見ていなかった。列の最後尾に並ぶ。

ふたりぶんの折り詰めを頼むと、千穂子さんはにやにやしながら「誰と食べるの」などと訊ねてくる。どう説明したものかと考えこんだわたしの沈黙は、千穂子さんの「アッハッハッハ」という声に破られる。

「野暮なこと訊いたな、アハハ」

ひとりでアハハアハハとそれはもう楽しそうに笑い、ものすごいスピードでレジを打ち「二千二百円ね。あっ券持ってきたの、はいじゃあもらいましょ。いやあ、若いってええなあ、うん。じゃあ気をつけて。はい、はいはい」と送り出された。

こんな日持ちのしないものを手土産《てみやげ》にしてよかっただろうかと買ってから思ったのだが、わたしが買ってきた折り詰めはことのほか星崎くんのお母さんに喜ばれた。あらあら、まあ、と両手を合わせてわたしに何度も頭を下げる。

「お寿司に合わせてお吸いものを用意しますね」

中に入るのははじめてだった。テレビボードにも戸棚にも、ぎっしりとものがつめこまれていた。散らかっているわけではないのだが、混沌《こんとん》としている。冷蔵庫にはられたおびただしい量のメモや電話帳やダイレクトメールや、誰かからもらってそのままずっとそこに置いてありそうな置物や花瓶が生み出す混沌はかえって居心地がよかった。

実家の居間はいつもきれいに片づいていた。生活感、というもののいっさいを母は嫌っていて、自分の趣味に合わないものはたとえ誰かにもらったものだろうが新品だろうが、即座に捨てる。企業名の入ったカレンダーとか、なにかを買った時についてくるちょっとしたノートとかペットボトルのケースとか、そういったものを、母はいつもセンスがないとか品がないとか言ってこきおろした。

星崎くんのお母さんが即席でつくってくれたお吸いものは海苔《のり》が入っていて、良い香りがする。口元にもっていくと、湯気がわたしのまつ毛をしっとりと湿らせる。

「おいしいです」

星崎くんのお母さんは「聡司は昔からこれが好きでね」と微笑んで、すぐに俯《うつむ》いた。湯気の立つものが食べられなくなったと話していた時の星崎くんの横顔が浮かんだが、記憶にもやがかかっていてその表情を思い出せない。

「夫の母から電話がありまして」

星崎くんにとっては祖母にあたる人だ。九州に住んでいて、電話の内容はこのあいだ病院の帰りに星崎くんに似た人を見かけたというものだった。星崎くんに似た人は、お祖母《ばあ》さんが通っている個人病院の向かいのアパートに入っていった。近くの工場の制服を着ていた。ちなみに見かけたのは、その一度きりだそうだ。

星崎くんのお祖母さんは娘、星崎くんから見るとお父さんの妹にあたる人と同居しており、足が不自由なため付き添いなしに自由に出歩くことはできないが、頭はしっかりしている。目も耳も良いほうだが、娘さんに話したところ「見間違いに決まってる」と一蹴されたらしかった。それでわざわざ電話をかけてきた。

「工場、ですか」

「はい、スミレ製パンという会社の工場だそうです」

知らない社名だった。星崎くんのお父さんがまだ生きていた頃、夏休みは毎年そのお祖母さんの家に泊まりにいっていたという。星崎くんは九州にしか売っていないらしいそのスミレ製パンの『アンズパン』なるパンがとても好きで、その頃の将来の夢はパン屋さんになることだったという話を、わたしはもりもりと寿司を食べながら聞いた。星崎くんのお母さんは箸を手に取ることもせずに話し続けている。マグロやエビがすこしずつ乾きはじめていた。

「その頃はとにかく大きな会社に就職するとか、公務員になるとか、そういうのがいちばんいいと思っていたから……パン屋さんを開くとかそういう、個人で商売をするみたいな生きかたはすごく不安定な気がして。あんたみたいなひょろひょろの痩せっぽちに無理やで、と本人に言ってしまいました。あの子『そっか』なんて言って笑っとったけど、ほんとうはどんな気持ちやったんかな」

やさしい子やから、と呟く唇が震えている。乾いて皮がめくれた唇や白く粉をふいたような肌に、身なりにかまうような心の余裕がないのだ、と気づかされる。

「わたしは、間違っていたんでしょうか、三葉さん」

連絡もしたくないと息子に思われるほど。そう言って両手で顔を覆った星崎くんのお母さんの手首をわたしはじっと見つめる。ほんのすこし力を入れて握ったらぽっきり折れてしまいそうに細い。

「星崎さん、食べましょう」

「……食欲がないんです。もうずっと前から」

「それでも、食べなきゃだめなんです」

わたしはゆっくりと箸を置く。

「もし星崎くんが事前に『家を出て、好きな仕事をしようと思ってる』とあなたに相談したとしたら、あなたは賛成しましたか」

顔を覆う星崎くんのお母さんに「責めているわけではないんです」と言葉を続ける。

「星崎くんはもういい年をした大人ですよね。どれだけあなたの目に頼りなくうつっていても、自分の人生を自分で決める権利があります」

来週にでも福岡に行ってみようと思って、と星崎くんのお母さんが続ける。わたしは首を横に振った。

「やめたほうがいいと思います」

「でも」

「やめてあげてください」

「でも……元気でいるかどうかぐらい、知りたい」

わたしはふたたび箸を取って、お寿司を食べはじめた。それはわたしも知りたい。考えれば考えるほど、この人と星崎くんは会うべきではない気がした。すくなくとも、今ではないほうがいいだろうと。

住所はわかるんですよね、と言うと星崎くんのお母さんが期待に満ちた目をわたしに向ける。

「わたしが行きます。あなたのためではないですよ、言っておきますが」

星崎くんのお母さんの返事はない。すう、と息を吸う音が聞こえた。

「三葉さん」

「はい」

「三葉さんはもしかして会社にいた頃、聡司とおつきあいしてたん？」

わたしの沈黙をどう受けとめたのか、星崎くんのお母さんはあわてたように両手を振った。目の縁が真っ赤になっている。

「気悪くした？　ただ、そうだったらいいな、と思ったから」

「そうだったらいいな、とはどういう意味でしょうか」

「聡司のことをこんなにも気にかけてくれる人がいて、それが単なる善意だとか友だちとしてのやさしさだとかそんなんじゃなく……恋愛感情なら、素敵やなって」

好きな人とかおらんの、とリルカはわたしに訊ねた。清川さんもまた同じようなことを口にした。ついでに誰と寿司を食べるのかと訊いてきた千穂子さんも含めて、どうしてみんながそこまで他人に恋愛をさせたがるのか。

「そんなに大事なことなんですか。好きとか恋人になるとかならないとか、そういうことは」

　星崎くんに元気でいてほしいというこの思いが恋愛感情であってもなくても、なにかに影響を及ぼすとは思えない。友だちとしてのやさしさという言葉を星崎くんのお母さんは使っているが、わたしはこれまで「友だち」が「恋人」に劣る存在と考えたことがない。

　そう説明すると、星崎くんのお母さんはわかっているようないないような表情のまま、頭をわずかに動かした。首を縦に振ったのか、それとも横に振ったのか、どちらにもとれた。

「三葉さん、いつもそんなことを考えてるんやね。そうか……そこまで深く考えたことなかったけど……恋人は特別なものやろ。息子にいっときでもそういう人がおったんなら、それは素直に嬉しいなと思った。あの、ほんとうに気悪うせんといてほしい」

「気は悪くしていません」

　わからない、はわたしにとって拒絶の言葉ではない。ただの状況説明だ。

「友だちだって特別な存在です。『友だち』が『恋人』より格下だってわけじゃないと思います」

　星崎くんとわたしの関係を友だちと呼べるかどうかは別だが。

　星崎くんのお母さんは「そうね」と頷いて箸を取った。たまごの寿司を持ち上げたが、しばらくそのままの姿勢でじっとしていた。口に入れたらなにかが変わってしまいそうで、それを怖《おそ》れているように見えた。

ちょっと心配性の、やさしい母親。でも、星崎くんがこの人と離れたいと思ったとしてもそれはすこしもおかしなことではない。愛情が物事をいつも良い方向に導くとはかぎらないのだ。

星崎くんのお母さんの口がゆっくりと開いた。ひとくちで食べたから、頬がまるくふくらんだ。おいしい、と呟いたのち、星崎くんのお母さんはふふ、と声を漏らした。

「おいしい、ほんとに」

「それはよかったです」

「おいしいお寿司を味わう資格なんか、ないのかもしれへんね」

だめな母親やもん、と自嘲気味に呟く。

「みんなだめですよ。あなたもわたしも、生きている人はだいたいだめです」

「……ひどい言いかた」

だめな人間が生み出したこんなにもひどい世界でも、お寿司はおいしいし、わたしたちはそれを食べて、今日も明日も生きていかなければならない。

「ねえ、あなた」

背後から発せられた声が、自分に向けられたものだとは思っていなかった。あの、ねえ、と声が続いてもなお、わたしは病院の売店に並べられたプリンを見ていた。

自分が食べたかったわけではない。権藤さんが病院の食事をすべて残している、と看護師さんに聞かされたからだった。それもまた、病気の末期症状なのだそうだ。黄疸《おうだん》が出て、食欲がなくなっていって、意識が混濁《こんだく》してくる。尿が出なくなったらもう「その時」が近づいていると思ってほしい、とのことだった。

権藤さんが眠っているあいだに食欲がなくても食べられそうなものを売店でさがしたが、これぞというものは見つからなかった。

そんな時に、背後から声をかけられたのだった。ねえ、あなた、と。

あなた、とわたしを呼んだ相手は、しびれを切らしてわたしの前にまわりこんできた。

「ねえ、今ちょっとお時間もらえます？」

あなたのお仕事のことは病院の人に聞きました、と言ってから、耳にかけたマスクの紐《ひも》の位置を神経質そうに何度も直す。目の前の女性に見覚えがないが、どうという特徴のないジャケットとスカートには、けれども強烈な既視感がある。

母の服装に似ている。すこし遅れて気づいた。母が好んで着ていた服に酷似している。

つまりお金はかかっているがスタイリッシュではないということ。

「吉沢《よしざわ》と申します」

併設のカフェに誘われ、とくに断る必要もなく吉沢と名乗った女性のあとをついていく。

大きな病院の中で誰かに声をかけられたことははじめてではない。あなたの家族が病気になったのは前世に問題があるからだという宗教の勧誘とか、がんが治るというふれこみの健康食品のセールスなどが多かった。

もしこの人がそうだとしてもそれがわかった時点ですぐに断ればいいことだと思いながら、わたしに確認もせずに、いちばん安いコーヒーをふたつ買う相手を見ている。

「娘がここに入院しているの」

今回の入院はもう半年以上になる、と聞かされて思い出した。清川さんの入院に付き添った時に、ここであの女の子と一緒にいるのを見かけた。

生まれつき心臓の疾患があり、これまでに何度かに分けて手術をしている。名は歩佳《あゆか》といい、十七歳であるというところまで一気に喋った。

「学校にはほとんど通えてない。だから友だちもいない」

「なるほど」

スマートフォンを開いて見せられた画像にちらりと視線を走らせる。病院ではなく、どこか外で撮影されたものだった。ふんわりとした服を着て、すこし化粧もしている。

わたしがそれ以上なにも言わないので、吉沢さんはスマートフォンをバッグに仕舞った。

「それで、話というのは、あの子の友だちになってあげてほしいってことなんやけど」

あの子はあなたに興味を示している、と吉沢さんは言うのだった。

「病院のあちこちであなたを見かけるたびに『ママ、あの人ってなにをしている人だと思う?』とか『あ、あの人、またいた』とか言うのよ。言うとくけど、あの子がそんなふうに他人に興味を持つの、すごくめずらしいことやねん。周囲と違う子どもも時代を過ごしたせいかもしれへんけど、他人を寄せつけないところがあるし、性格も大人びてる。ああ、もちろん同級生がお見舞いに来てくれることもあるの、でも駄目。あの子にはすこし物足りないみたい。友だちができないわけではない、あの子が彼女たちを気に入らないっていうだけのこと。わかる?」

「話の内容は理解できているつもりです。共感・同意という意味の『わかる?』ならば、返事は『いいえ』です。友だちというのは、具体的にどういうものでしょうか」

普通のこと、と呟いて、吉沢さんはコーヒーに口をつける。懸命《けんめい》に感情を抑《おさ》えているような無表情だったが、指はそれを裏切って苛立《いらだ》たしげにテーブルを叩いていた。

「普通に病室を訪ねてきてくれたり、お喋りをしてくれるだけでええねん。友だちが入院した時にあなたがごく自然にするようなことを、歩佳にもしてあげてほしい。あの子、親のわたしの口から言うのもなんやけど頭もいいし、いい子よ。毎日じゃなくてもいい。そのお見舞いの代行？　のお仕事で病院に来たついででかまわへんから」

「わかりました、そういうことなら」

ポケットから霧島の名刺《めいし》を取り出して、差し出した。わたし自身の名刺はない。

「利用料金はその人と話し合って決めてください。後日指定された日時に伺います」

吉沢さんはなにか言いかけて、激しく咳きこんだ。頬が赤く染まる。涙目になって呼吸を整える姿を、わたしは黙って見ていた。

「そういう依頼をしたいわけではないのよ。わたしは、あなたに娘の友だちになってほしいっていう話をしてるの」

「ですからそういった業務は……」

「業務ってなに？　馬鹿にしてんの？」

吉沢さんが大声を出したので、近くのテーブルにいた中年女性のグループが驚いたようにこっちを見た。同じぐらいの年代、同じぐらいの髪の長さ。みんなでなかよく健診でも受けにきたのだろうか。全員好奇心いっぱいの様子で、らんらんと目を光らせている。

「ねえ、病気と戦ってる、たった十七歳の女の子やで。あなたのお仕事のついでにその子を見舞ってほしい、ただそれだけのお願いでしょう。お金を要求するっていうの？　あなた、心がないの？」

「心はあります」

正直かつ誠実に話そうと思えば思うほど相手は腹を立てる。それがわかっていても、相手の望む答えを返すことはできなかった。わたしにも、あたりまえに心がある。ただそれが吉沢さんが好むような心ではないだけだ。

「それがわたしの『しごと』なので」

「わかってる。わかってるよ。でもそれはべつとして、うちの娘とは純粋《じゅんすい》に友だちとしての関係をつくってほしいという話をしてるの」

どうしてわかってくれないの、とそこでようやく吉沢さんは声のボリュームを落とした。

「……言うとくけど、お金を払うのが惜《お》しいとか、そういうことじゃないの。けど、わたしがあなたにお金を払ったらそれはもう友だちとは違うものになる。お金で買える繋《つな》がりは、ほんものではないから。お金で買った『友だち』を、歩佳が喜んでくれるとは思われへん」

どうしてこの人は、人間関係に金銭が介在することをこれほどまでに厭うのだろう。どうして金銭で得た繋がりを、そうでないものより一段下のように決めつけるのだろう。

「では、お引き受けできません」

「……そうですか。よくわかりました」

吉沢さんがバッグを摑《つか》んで立ち上がる。まだなにか言いたげにわたしをにらみつけたが、黙って見つめ返したら顔を背けられた。

がつんがつんとヒールで床をぶん殴るような音を立てて、足早にカフェを出ていく。近くのテーブルにいた中年女性のグループのひとりが「かわいそうになあ」と言うのが聞こえた。なにかの噂話の最中だったのだろうが、こちらに向かって投げつけられた言葉のようにも思えた。だとしたら、かわいそうに見えたのはわたしだろうか。それとも吉沢さんだろうかと考えて、さめたコーヒーを飲む。ざらざらした苦みがいつまでも舌の上に残った。


ホームに続く階段をのぼり終えた時、ちょうど新幹線の到着を告げるベルの音がホームに響いた。思っていたよりずっと大きな音だった。最後に新幹線に乗ったのはいつだっただろうかと考える。思い出せないほど昔のことだ。

旅行の趣味はない。名所に行ってみたいとか、名物を食べてみたいとかといった好奇心の持ち合わせの少ない人間だと思っていたのだが、博多《はかた》行きの新幹線の座席に身体を預けると、目にうつるものすべてがものめずらしく、シートを倒すレバーをいじったり、荷物をかけるためのフックを触ってみたりする。車内販売のワゴンにぎっしりと商品が詰めこまれていて、重そうだなと思う。

わたしと同じ駅から、スーツケースを引きずって乗りこんだ男女の話し声が聞こえてくる。同じ車両の、ずっと後方の席にいた。仕事かなにかで移動中なのだろうか。すこしだけ他人行儀な、関西のそれとは違うアクセントで話している。まだ発車したばかりなのに、すでにものすごく遠くまで来たような錯覚を覚える。

旅行に興味がないわけではない。めんどうだったのだ。家族旅行でも修学旅行でもなんでも、とにかく誰かとずっと一緒に行動し、縛られるのが嫌でたまらなかった。

三葉ちゃん、新幹線もう乗った?

リルカから送られてきたメッセージに、乗った、と短く返す。すぐさま返信があった。

柚子《ゆず》胡椒《こしょう》味《あじ》の明太子《めんたいこ》、博多通りもん、大のひよ子、明太子マヨネーズ。

買ってきてほしいおみやげのリストだ。すべて博多駅で買えるからという注釈つきだった。遊びに行くわけではないのだが、と呆れつつ、「わかった」とまた簡潔な返事を選ぶ。今日の夕方、星崎くんのお祖母さんの家を訪問することになっている。事前の連絡は星崎くんのお母さんが済ませておいてくれた。

わたしの現在の「しごと」の相手は権藤さんとセツ子さんだけだ。権藤さんへのお見舞いは霧島に代わってもらった。セツ子さんの通院日はまだしばらく先だった。

権藤さんは一昨日から昏睡状態が続いている。意識が戻る可能性は限りなく低く、おそらくもってあと数日ではないか、と病院側からは聞かされていた。

星崎くんのお母さんから話を聞いた翌日、件の製パン工場に電話をしたが、星崎聡司という名の従業員はいない、とのことだった。

偽名を使っている可能性もある。けれども星崎くんがそこまでするだろうか。とつぜん行方をくらますというすでに「星崎くんっぽくない」状況に直面していてもなお、彼がそんな嘘をつくとは思えない。

「もちろん、わたしもあの子が平気で嘘をつくような人間だとは思ってないけど」

星崎くんのお母さんがそう呟いた時の横顔を思い出す。げっそりと頬がこけていた。

「でも聡司の考えてることがもう、わからへん」

「わたしにも星崎くんの気持ちはわかりません。ただこれまでの星崎くんの言動から推測しているだけです。もし偽名をつかって働いているとしたら、そうするだけの理由があるんです」

「三葉さん、息子を信じてくれるのは嬉しいんやけど、あの」

信じているのではなく推測だと説明するわたしの言葉をさえぎって「いや、もう、それはわかったから！」と星崎くんのお母さんが声を荒らげた。はあ、と息が漏れた。

「ほんまにめんどくさい子やな……」

思わず本音がこぼれ出た、そんな様子だった。はっと我に返った様子で額に手を当てて、おろおろしはじめた。言ったほうが、言われたほうより動揺していた。

「疲れる。めんどくさい。昔から他人によく言われます」

「ご、ごめんなさい」

星崎くんのお母さんは、謝る必要などなかった。わたしは他人を疲れさせる。昔からそうだったし、その言葉には慣れていた。でもあの時はじめて、わたしは相手を疲れさせる自分を持て余した。

背後でわーっと声が聞こえて、はっと我に返った。わたしの斜め前に座っていた男性が振り返って舌打ちする。

ひとりでいる時よりもずっと、ひとりだと感じる。


古い家だった。瓦は色あせ、外壁はすすけている。約束の時間よりすこしはやく着いてしまったので、そこに立ったまま「星崎／田中」という表札をしばらく眺めていた。

玄関先には補助輪つきの赤い自転車と、生協の宅配の発泡スチロールが出しっぱなしになっている。家の中からけたたましい子どもの泣き声が聞こえてくる。チャイムを押すと、その泣き声は近づいてきた。

髪を茶色く染めた若い女の人が、泣きわめく子どもを小脇に抱えてドアを開けてくれる。わたしが名乗る前に家の中に向かって「祖母ちゃん、お客さん！」と怒鳴った。わたしの風体についての説明も事前に伝わっていたのかもしれない。涙と鼻水で顔をぐしょぐしょに濡らした、まだ赤ん坊といってもいいような子どもが一瞬だけ泣き止んでわたしの顔をじっと見つめ、それからなおいっそう激しく泣き出した。

「あ、どうぞ」

放り投げるような手つきながらも、いちおうスリッパを出してくれる。叔母《おば》さんにしては若すぎるからきっと星崎くんの従姉妹かなにかだろう。

玄関から入ってすぐの和室に通された。さきほどスリッパを出してくれた星崎くんの従姉妹（推定）に付き添われて、星崎くんのお祖母さんらしき人が顔を出す。家の奥からまだ子どもの泣き声が続いている。なだめるような大人の声も続く。それもひとりではない。四世代同居というやつだな、とひとりで納得した。

白髪を短く切った、がっしりとした身体つきの人だった。頭も目もしっかりしているというのはほんとうらしい。大きな目でじろりとわたしを見てなにごとかを言ったが聞き取れなかった。声が小さかったわけではない。方言が理解できなかったのだ。

「あ、聡ちゃんのことわざわざここまで捜しにきてくれて、ご苦労さんでした、って言ってます」

ふたりきりにすると会話が成立しないと判断したのか、従姉妹（推定）はお祖母さんの隣に腰をおろす。

「ミキです」

あらためて確認してみると、彼女はやはり星崎くんの従姉妹だった。

「急にいなくなったって聞いて、こっちのみんなも心配してました。聡ちゃんやさしくて押しが弱いし、けっこう天然入ってるけど、あんまり愛されキャラではない感じじゃないですか。だから、やっぱ社会人としてはきびしいのかなって話してたんです」

天然。愛されキャラ。意味は知っていても、わたし自身はけっして使わない言葉だった。小馬鹿にしているようにすら感じられる。

件の製パン工場にはミキさんの「お世話になってる先輩」がいる。先輩が言うには、先日まで繁忙期《はんぼうき》で、何人かの若い男性が短期のバイトで入っていたという。

その中にお祖母さんが見た、星崎くんに似た人がいたのではないかとのことだった。

「その彼を見かけたというアパートに行ってみたいのですが。もし工場の仕事はすでに辞めていても、まだそこに住んでいる可能性はありますよね」

お祖母さんがまたなにか言う。ケッコンスルゴテヤクソクバシチョッタト。「結婚」と「約束」という単語はかろうじて聞き取れた。

「聡ちゃんとはどういう関係だったのか、って言ってます。あ、あなたが」

ミキさんが通訳してくれた。わざわざここまで会いに来るというのはそれなりの関係であろう、と言いたいのだ。

「違います」

これまでのことをかいつまんで話した。どんどん憔悴《しょうすい》していく星崎くんのお母さんのことも。

「ほんとに？　たったそれだけで？　つきあってないってこと？」

「わたしは嘘や建前は言いません」

「ええー」

ミキさんは頭をがしがし掻いて悩んでいる。

「彼氏でもない相手のためにそこまでする？　ただの、普通にいい人ってこと？」

「普通にいい人とは、どういう意味の言葉ですか？　普通なんですか？　いいんですか？」

「違う」

怒鳴るような声だった。星崎くんのお祖母さんの言ったことは、こんどはわたしにもちゃんと意味がわかる。

「嘘や建前ば言わんとは、ただ自分が楽したかだけのこつやろうもん。他人にはいっさい気遣いとうなかて、そらただの怠慢《たいまん》たい」

祖母ちゃんちょっと、とミキさんが慌てている。

「あの、今のはえっと」

「だいたいわかりましたから」

それにその通りなので、と続けた。ミキさんが眉を下げる。

「あの、怒んないでください。祖母ちゃんは……」

「怒ってはいません。それに、楽をしたいだけという自分の感覚がいけないとも思わないのでわたしは気にしません」

完全に途方に暮れているミキさんにアパートの所在地だけ確認し、星崎くんのお祖母さんたちの家をあとにする。「楽をしたい」と思うことそのものが罪だと感じるタイプは、世代によらず一定数存在するので、怒られることもある。もう慣れた。

何度か道を訊ねて、ようやくたどりついた。二階建てのアパートで、部屋はひとつの階につき五つだ。星崎くんのお祖母さんは外階段をあがっていく姿を見たという。とはいえ部屋をぜんぶ訪ねていくというのも得策ではない気がして、わたしはしばらくそこに立ったまま逡巡《しゅんじゅん》する。勢いで来たはいいが、特に作戦は立てていなかった。

買い物袋を抱えた男がわたしの脇を通り過ぎて、一階の部屋の前でポケットを探っている。

「すみません」と声をかけると、ふしぎそうに振り返った。

「あの、ここに住んでる男の人に会いたいんですけど。ちょっと前までスミレ製パンで働いてました。身長はええと、百七十三センチぐらい、もうすこし高いかも」

「え」

男は怪訝そうに顎を引く。わたしの頭のてっぺんからつまさきまで眺めて「さあ」と首を傾げ、鍵を取り出す。部屋に入りかけてから、いきなり振り返った。

「つきあたりの部屋あるやろ？　あそこにちょっとキモい婆《ばあ》さんがおるけん訊いてみて。あの婆さんさあ、いっつも廊下に椅子出してじーっと他の住人のこと観察しよると。なんか知っとるかもしれん」

そうですかありがとうございます、と言っている途中で、ドアがばたんと閉まる。

ちょっとキモい婆さん、と男は言ったが、日常的に老人と接しているわたしから見れば、いたって普通の老年女性だ。ここに住んでいるらしい若い男性とはもと同僚で、借りたものがあるので返したいのだが部屋番号がわからない、と一部事実を交えて説明すると、黙って頭上を指さした。

「この上？　二階のつきあたりの部屋ですか？」

「そうだ」とも「そうではない」とも言わずに、彼女は大きな音を立ててドアを閉めた。

意を決して二階のその部屋を訪ねたら、たしかに若い男性が出てきた。

星崎くんじゃなかったけど、とひとりごちて歩く。慣れない場所の、しかも夜道はつらい。

男性はたしかにスミレ製パンに勤めていた。背格好は星崎くんに似ており、遠目に見た星崎くんのお祖母さんがまちがえたのも無理はない気がした。

「よくわかんないけど、会えるといいっすね」

星崎くんにちょっとだけ似た男性は、最後にそう言った。はい、とわたしは答えたが、会えないかもしれないという気持ちが歩くごとに強まっていく。

途中のコンビニに寄って、パンの棚に向かう。アンズパンと聞いた時、ばくぜんと大きなパンを想像していたのだが、実物は手のひらに載るような小さくてまるいパンだった。ひとつ買い求め、イートインコーナーの椅子に腰をおろす。外をうろうろして冷えきった身体に、あたたかいお茶が沁《し》みる。

パンというよりは焼き菓子みたいに甘い生地に、バタークリームとあんずのジャムが挟まっている。ぱさぱさして、すこしもおいしいと感じなかった。星崎くんはなんでこんなパンが好きだったんだろうと思ってから、無意識のうちに過去形を使ってしまったことに気づいた。

スマートフォンが振動しはじめ、霧島の名を表示する。どんな電話なのか、なんとなくわかってしまったような気がした。口の中のものをお茶で流しこんで、スマートフォンを耳に当てる。

　そう。わかった。すぐ戻る。応答する自分の声は、いやになるほど落ち着いていた。

　権藤さんが亡くなったよ。霧島は、そう言ったのだった。


　葬儀はなしで火葬してくれ。それが権藤さんが霧島に託していた願いだった。翌朝新幹線で戻ってそのままバスで火葬場に直行した。息をしていない権藤さんはおだやかと言ってもよいほどの表情を浮かべていた。昏睡状態のまま最期を迎えたという。病室にいたのは霧島ひとりだったが、最期が近いことがわかっているのか頻繁に看護師さんが確認に来て、だから「けっこうにぎやかやったで」という。権藤さんは「あー」という、ほとんどあくびのような声を発して、そのあとすぐに息絶えたらしかった。

「ドラマとかでは最期の瞬間に手握ってありがとう、って言うみたいな場面あるけど、そないうまいことといかへんねんな」

「そうなんや」

　わたしは控室のテーブルを見ていた。いくつも傷が走っていて、いったい今までにどれぐらいの遺族がここで焼き上がりを待っていたんだろうと想像したりもする。畳の縁《へり》は色《いろ》褪《あ》せて、壁紙はあちこち浮いていた。

「ちゃんと料金、もらってた?」

そう訊ねると、霧島は静かに頷いた。手の中で数珠《じゅず》が揺れてかすかな音を立てた。最初に電話をかけてきた直後に前払いでまとまった金額を預かっていたらしい。入院費用と埋葬にかかる費用、および諸経費を精算した残りが、今回の報酬となる。

「権藤さん、けっこうお金持ってたんや」

「あれで仕事はまじめにやってたらしいし、家族もおらんし、派手に遊ぶわけでもなし、貯金してたんやろな。アパートの部屋で孤独死したら大家に迷惑かけるからって、いつも気にしとった。それは病気になる前の話」

はじめて会った時、挨拶もそこそこに胸を触ってきたことを思い出した。ティッシュの箱を投げつけられたり、罵声を浴びせられたことも。傍若無人《ぼうじゃくぶじん》な振る舞いと、迷惑をかけたくないという気遣いの両方がひとりの人間の中に矛盾《むじゅん》なく同居している不思議さについて考えながら、紙コップに入った薄いお茶を飲んだ。

「娘さんには連絡ついた?」

霧島は黒いネクタイにしきりに手をやる。ふだんそんなかっこうをしないので、どうにも落ちつかないらしい。

「キリコって人？　うん、連絡したよ。きのう」

電話をかけて権藤さんの死を伝えても、相手の反応はすこぶる薄かった。「封筒をお預かりしています」と伝えても「はあ……」という返答で、しばらく沈黙が続いた。「お金が入ってるみたいです」と続けると「取りに行きます」ときゅうに早口になった。キリコは思ったより近くに住んでいるらしく、今日わたしに会いにくるという。

「……あ、引き換えに遺骨預かるとか、そういうのないですよね？　ちょっと無理なんですけど」

誰が墓参りに来てくれるわけでもないのだから必要ない、というのが権藤さんの墓に対する認識だった。だから遺骨は無縁塚に入ることになる。

「このあと、封筒渡すために会う」

「そうか」

指定されたファミリーレストランに向かうと、キリコなる女は先に来ていた。電話で「髪は長くて、赤いニットを着ている」と説明された通りの外見の女が窓際の席でアイスコーヒーのようなものを飲んでいた。炭酸が抜けたコーラかもしれない。どっちでもいい。

「キリコさんですよね」

やってきた店員にドリンクバーを注文したが、飲みものを取りにいく気がしなかった。

キリコもまた、取ってくれれば、とは言わない。わたしの鎖骨《さこつ》のあたりをじろじろ見ながら「病気?」とだしぬけに声を発した。

「わたしが病気であるかという意味でしょうか。たぶん違います」

そうではなく権藤さんの死因が病気だったのかと、キリコは舌打ちまじりに言い直す。

「そうです」

「あ、そう」

肝臓が、と説明しかけたが、キリコは顔をしかめて犬を追い払うような仕草をする。

「いいから、いいから。べつにくわしく聞きたかったわけではないし」

「権藤さんは最後に会った時に、あなたが自分をお父さんと呼んでくれた、と言っていました。すごくうれしそうでした」

キリコはふんと鼻を鳴らして、自分の髪の毛をいじる。毛先は金色に近く、かなり傷んでいる様子がうかがえる。

「これが権藤さんにお預かりした封筒です」

テーブルに置いた封筒にキリコがさっと手を伸ばす。中を確かめて、一瞬目を見開いた。思っていたより多くて驚いたのか、少なくて驚いたのか、それはわからない。

「で、あんたはいくらもらったん?」

ていうかあんたはボランティアかなんかの人なん？　あいつとどういう関係？　と首を傾げるキリコの鼻の下から唇の脇まで縦に皺が伸びている。

醜《みにく》いな、とぼんやり思った。顔に皺があることが醜いのではない。醜いと感じさせる皺を顔に刻んでしまった女なのだ。

「ねえ、いくらもらった？」

親しげ、と言ってもいいほどの笑みをキリコは浮かべている。それには答えずに立ち上がる。そのまま出ていこうとして、振り返った。

「別れた夫からはうまく逃げ切れたんですか、その後」

「……はあ？　なんのこと？」

とぼけているようには見えなかった。ほんとうにわたしの言っていることの意味がわからないのだ。片手がすばやく動いて、封筒をくたびれたバッグに押しこむのが見える。

「返してください」と言ったら、この女はどうするのだろうか。怒るのか、焦るのか。でも返してください、とはわたしの口からは言えない。なぜならば封筒のお金はわたしのものではないからだ。渡してほしい、というのが権藤さんから依頼された「しごと」だから。

「自分がついた嘘の内容ぐらい覚えといたらいいのに」

では失礼します、と背を向ける。背後で掠《かす》れた笑い声が聞こえたような気がしたが、わたしは一度も振り返らなかった。

# 2020年12月

「みっちゃん、元気ないね」

歌うように言ったセツ子さんの声を、左頰のあたりで受けとめる。運転中は運転に集中しなければならない。信号が青にかわって、ゆっくりアクセルを踏んだ。

「そうですか?」

「そうよ」

助手席のセツ子さんが身動きするたび、膝の上の手提げがゆれる。調剤薬局名入りの紙袋がいくつも入った袋。毎回通院の送迎をしているが、具体的にどんな薬を飲んでいるとか、そういうことは知らない。

「でも、わたしいつも元気いっぱいってわけじゃないので。いたって平常通りですよ」

「知ってますよ、あなたがいつも元気はつらつな女の子やないことぐらい。でも、それにしたって、って話よ」

セツ子さんは「ふう」と息をついたきり、黙っている。わたしの返事を待っているのだろうか。

「……話したくないみたいやね、みっちゃん」

「そうです。これ以上質問しないでください」

はいはい、と引きさがる。セツ子さんのこういうところが好ましい。

「ありがとうございます」

いいのいいの、と片手をふったセツ子さんは一瞬窓の外を見て、それから「ねえ、みっちゃん。なら、わたしの話を聞いてくれる？」と言った。やっぱり歌うような声だった。

「聞きます。どうぞ」

「今日の診察の時にね、次は家族と一緒に来てほしいって言われたのよね」

「はあ」

よく意味がわからず、曖昧な返事になった。また信号に引っかかる。前の車のリアガラスに夥《おびただ》しい量のぬいぐるみが並んでいて、あれでちゃんと後ろが見えるのかと心配になる。

「手術をね、することになるかもしれない」

「……手術」

「そう。だから次は、娘に同行してもらう。いっしょに話を聞いてもらわないと」

それは娘さんがいるから送迎はいらないということなのか、それとも娘さんも一緒にこの車で送迎をするということなのかと問うと、セツ子さんはすこし考えてから「娘と相談してから決めるわね」と頰に手を当てた。

セツ子さんの家の門扉に車を寄せる。リチャードきなこぱんも今日はこころなしかおとなしい。犬は飼い主の気持ちがわかるというから、セツ子さんを心配しているのかもしれない。犬というか、犬の置物なのだが。

「あの人にはまだ話さんといてね。このこと」

「あの人?」

あなたの雇い主、と言いかけて、霧島開、となぜかフルネームで呼んだ。

「どうしてですか?」

セツ子さんはなにも答えない。

「なんで霧島に話したらだめなんですか?」

再度問いながら、でももう答えはわかっているような気がしてきた。

みっちゃん、あなた。そう言いかけて、セツ子さんはわたしをまじまじと見つめる。車の中がセツ子さんのため息でいっぱいになる。そう感じられるほど、深く、長く、苦しげなため息だった。

「みっちゃんあなた、なんにも聞かされてなかったの」

どういう意味ですか、と問い返す声はなぜか自分のものではないように、はるか遠くから聞こえてくる。

十二月の初旬から末にかけての時期が嫌いだ、と言った人がいた。せわしない感じがするからというような、そんな理由だった。誰がそう言ったのかも、もう覚えていない。

権藤さんの入院にかかった費用を精算するため、前島総合病院に向かう。キリコにお金を渡すのが最後の「しごと」だと思っていたが、まだ続きがあった。なんにせよ、お金にまつわることだ。

生きていても、死んでも、お金はかかる。こんなに重要なものなのに、なぜかみなお金よりも重要なものがある、ということばかり言いたがるし、時には汚いもののようにあつかいさえする。

長椅子で順番を待っていると、誰かが隣に座った。近頃は誰かと接する時に距離を空けることが常識のようになっていて、だからこんなに近くに座る人間はめずらしい。疾患を抱えているのならば、なおさら。

「わたし、吉沢歩佳といいます」

　近くに座ってきたと思ったら、今度は唐突に自己紹介をしてきた。巨大なマスクをしているために、その表情はわからない。マスクが巨大なのではなく、顔が極端に小さいのかもしれない。

　色が白いというか、ほとんど透き通っているかのような肌だ。今日退院するんです、と言われて、反射的にそれはおめでとうございますと答える。

「ママに会ったんでしょ？」

　そう言われてようやく、カフェで自分を見ていた少女がいたこと、その母親と名乗る女性に声をかけられたことを思い出した。ああ、はい、と頷く。

「ママ、めちゃくちゃ怒ってました」

　歩佳が肩をすくめる。わたしは黙っていた。怒っていることぐらいは推測できていたから。

　権藤さんの名を呼ばれ、会計のカウンターに向かう。精算を済ませて振り返ると、歩佳はまだ同じ場所に座っていた。彼女の話はまだ終わっていなかったらしい。わたしは彼女の隣に腰をおろす。

「お見舞いのお仕事の話も聞きました。きっと失礼なこと、いっぱい言うたんでしょ？」

ごめんなさい。その言葉とともに、歩佳の頭が下がる。

「失礼なことを言ったのはお母さんなので、あなたが謝る必要はない」

「でも、原因をつくったのはわたしやもん。ごめんなさい。よく病院にいるし、なにしている人なのかな、と思って見てただけなんですけど」

歩佳はわたしの返答を無視して喋りはじめる。

「ママっていつもそうなんです。自分が選んだものをわたしに与えたい人で。友だちもそう。わたしが仲良くなった友だちを家庭環境が悪いからとか、素行に問題があるからとか、理由をつけて遠ざける。あなたのこともきっとおもちゃみたいにわたしに与えたあとで取り上げるつもりやったはず。なんでかわかります？」

「わからない」

「あの人『あなたにはママしかいないのよ』って言いたい人なんじゃないかなって、わたしは思ってます」

歩佳の頬が赤く染まり、わたしの皮膚は粟立《あわだ》つ。暖房が効いていて、暑いぐらいなのに。

「子どもの頃、ママはわたしの世界そのものでした。絶対的な存在でした」

小児科の病室で、学校を休んだ日のベッドの中で、何枚も絵を描いたと歩佳は言う。自分と母親の絵を、何枚も。

「ママが誰よりも好きで、大切だったんです。でもママ自身がそのことにいつまでもしがみつくのは違います。わたしをそこに閉じこめるのは違います。健康な子よりずっと手がかかるわたしを育ててくれたこと、ほんまに感謝してるんです、でももうわたしはママを解放してあげたいし、わたしもママから解放されたい。ね、どうすればいいと思います？　傷つけずに伝える方法ってあるんでしょうか」

　頭もいいし、いい子。吉沢さんは歩佳について、そう話していた。あの日彼女が言ったことは正しかった。すくなくとも、その部分については。

「感謝なんかする必要ない」

　え、と歩佳がわずかに上体を反らす。どういう、と口ごもった。

「いや、感謝はしてもいい。でもあなたは、あの人から生まれたって時点ですでに立場にかなりの差がついてます。どうしたって、向こうのほうが有利。そのうえ『傷つけずに伝えたい』とまで気を揉《も》む必要はないです。感謝と遠慮は違う。子離れしなければならないのは本人の問題なので、彼女自身が解決する」

　わたしは病気がちでもなかったし、そもそも母の言うことなど聞かない子どもだった。だけど、きっと、ずっと誰かに「いつまでも感謝し続ける必要などない」と許されたかった。セツ子さんは、わたしにそう言ってくれた。だからこんどはわたしがこの子にそう言う番なんだろう。

歩佳はわたしをじっと見つめ、ゆっくりとまばたきをしたのち、ぷっと吹き出した。

「ママを怒らせただけのことはありますね」

うける、とそこだけ砕けた口調になって、いつまでも笑い続けた。通りかかった看護師さんから「歩《あゆ》ちゃん、なんでそんなところにおるの」と叱責《しっせき》されるまで、ずっと笑っていた。


権藤さんは死んだ。セツ子さんの通院もない今、わたしにはなんの「しごと」もない。短期のアルバイトに通うなどして食いつないでいるが、限度がある。

潮時、という言葉が浮かぶ。なにごとにも潮時というものはある。霧島とはあの日以後、ろくに話もしていない。

あの日、とはセツ子さんから「聞かされてなかったの?」と言われた日だ。どういう意味ですか、と訊ねてもセツ子さんは黙りこむばかりで答えてくれなかった。車を降りる間際にぽつりと「やっぱり次回は、娘とふたりだけで行くわ。みっちゃん、つぎの送迎はお休みにしてね」とだけ言い、そのまま車を降りてしまった。

『傘』に戻ってからそう報告すると、霧島はいつものように特に興味を示すことなく、「そうか、お疲れさん」と頷いただけだった。手術に関することは言えなかった。言わないでくれ、と頼まれたから。

「霧島さんとセツ子さんってどういう関係?」

質問するな、とは言われていない。だから訊ねた。霧島はグラスを拭く手を止めずに「どういう関係やと思う?」と質問に質問で返してきた。

「生き別れた親子」

いちばんありそうなだけにいちばんなさそうでもあったが、霧島の手はそのまま動かなくなった。

「他人の事情に必要以上に興味を持たへんところが、三葉の長所やと思ってたけどなあ」

失望と怒りの滲んだ声だった。

「訊くな、って今言われたら、もうこれ以上は訊かないけど」

じゃあ、訊くな。霧島がそう言ったから、わたしはそれ以上質問をせずに二階に向かった。なんとなくじっとしているのが嫌で、スマートフォンで短期のバイトを探して、翌日から通いはじめた。二日で終わるバイトもあれば、三日の約束だったが明日からも来てほしい、と頼まれることもあった。

ずっとこの職場に通って同じ仕事をするわけではない、と思うとかえって気が楽で、どこでもよく働いた。荷物を梱包《こんぽう》したりタグ付けをしたり、あるいはポスティングをする、という接客を伴わない業務ばかりを選んだ。

「三葉さーん」

自分の名を呼ぶ声がして、振り返ると真樹也が『回転寿し　こやま』の持ち帰り用カウンターから身を乗り出して手を振っていた。店の中から見えていたらしい。

「どうしたんですか？　虚無《きょむ》みたいな目で歩いてましたけど」

「虚無みたいな目」がどんな目なのかまったく想像できず黙っていると、真樹也は「疲れてるように見えたってことですよ」と解説し、肩をすくめる。

「疲れてない。じゃ」

怒ったんすかー、とのんきな声が追いかけてくる。声だけでなく、実際にぱたぱた走って追いかけてきた。

「ばあちゃんが、これ持っていけって」

紙袋を押しつけてくる。

「なにこれ」

「クッキーです。ばあちゃんと母ちゃんがつくりました。最近あのふたり、お菓子づくりがブームらしくてがんがん量産するんですけど家族みんな飽きちゃって、誰も食わないから」

アイシングクッキーだという。真樹也の母である洋美さんはけっして器用なほうではないのだろう。製菓にくわしくないわたしでもわかる。かろうじてそれとわかるトナカイやサンタというモチーフに混ざって、たまごとマグロの寿司を模したクッキーがあった。

「ありがとう」

「虚無が弱まりましたね」

真樹也が膝を曲げて、うれしそうに目の奥をのぞきこんでくる。

「その調子で元気出してほしいっす」

「元気やで、今も」

普段から元気いっぱいなわけではないからね、と続けて、同じような会話をセツ子さんともしたなと思い出した。ちょっと前のことなのに前世のできごとなのかなと思うぐらい遠い。

「そういえば、二木さん？　このあいだ会いました。偶然」

「そう。なんか言うてた？」

置き去りにして帰ったことを思い出す。料金は結局、請求していない。

「三葉さんに病院に付き添ってもらったんでしょ？　なんか『悪くないよね、ああいうの』とか言ってました」

「えっ」

「また頼みたいって」

「……なんで？」

意味がわからない。きょとんとしている真樹也は、二木からはあの日の詳細はなにも聞かされていないらしい。だからわたしも言わなかった。虚勢、という言葉が脳裏をよぎる。

「いや二木さんとかどうでもよくて。さっき霧島さんとリルカさんがお昼食べに来ました。今日『傘』休みなんでしょ」

「そうみたいだね」

「クリスマスに回転寿司食うカップルって変わってますよね」

「クリスマスにこんな喫茶店に来る客はいないだろうから休むって。あのふたりが変わってるかどうかは知らん」

こんな喫茶店云々と言ったのはもちろん霧島だが、わたしに直接言ったのではない。霧島がそう言ったとリルカがわたしに話したのだ。リルカだけはいつもと変わらずわたしの部屋にやってくる。毎度「三葉ちゃん最近バイトしてんの？　ポスティング？　ふーん、ええんちゃう？　もしバイトに入られへん時は、うちのスナックで雇ってもろたらええわ、ただし三葉ちゃんは接客に向いてへんやろし、裏方やね」というようなことを好き勝手に喋って帰っていくところを見ると、霧島はリルカにはなにも話していないのだ。

もしかしたら霧島にとっては「しごと」の今後についてなど、恋人にわざわざ話すほどのことでもないのかもしれない。そんなことをしなくても、なんなら『傘』が明日なくなっても、霧島には生活には困らない程度の収入がある。

あの時を境に、わたしと霧島のあいだにははっきりと溝ができた。だから霧島たちが歩いていったらしい道を避けて、歩き続ける。どの道を通っても、目指すドラッグストアにはたどりつける。

トイレットペーパーと石けん。トイレットペーパーと石けん。忘れないように、そこで買うものを口の中で繰り返す。死なないためには食べなければならなくて、食べれば当然排泄をするし身体を清潔に保たなければ病気になる可能性も高くなる。ただ生きているだけ、を保つにもいろいろなものが必要になる。

制服姿の女子高生の一団が通りの向こうを歩いていた。まじで。なにそれ。大声で喋っているのが車の走行音のあいまを縫ってこちらまで届く。バスがやってきて、彼女たちの姿を隠す。バスが通り過ぎたあとに、なにげなくまた同じ場所を見た。おーい、と呼ばれた気がした。

歩佳だった。毛糸の帽子とぶあついコートで着ぶくれしている。ひとりではなかった。隣に、制服姿の女の子がいる。

ふたりは同じカフェのマークの入った紙のカップを手にしている。顔を寄せ合ってなにごとかを話し、はじけるように笑った。歩佳はわたしに手を振っている。

わたしも、歩きながら手を振り返した。隣の女の子は歩佳に袖《そで》をひかれ、すこし恥ずかしそうにわたしに手を振りはじめる。お互いの姿が見えなくなるまで、何度も手を振った。

かつて「毒親」という言葉がはやったけど、この世に毒にならない親などひとりもいないのではないだろうか。毒の濃度はさまざまだろう。でも、運悪く毒が濃いめの親のもとに生まれてしまったからと言って、そこですべての人生の勝負が決まるわけじゃない。わけじゃない、と思いたい。だって決まってしまったらつまらない。すくなくともわたしの勝負はまだついていないと思いたい。歩佳もそうであってほしい。ついでに星崎くんも。

でもきっと歩佳は大丈夫だろう。彼女の母親が言う通り賢いし、友だちもいるようだ。友だち。二十数年の人生をひっくり返したり広げたりしてためつすがめつ眺めて見ても、わたしにはそれに該当する存在がいない。

友だちがいないのはさびしいことである。一般的にはそう言われている。人格に問題があるかのようにあつかわれることもある。問題は友だちの有無ではなく、さびしさとのつきあいかたではないだろうか。わたしはなにか新しい発見をしたような気分になる。さびしいと死んでしまう、みたいな人もなかにはいる。でもわたしにとってはさびしさは肌の一部のように常に自分とともにあるものだから、それをこれまでどうにかしようとは思ってこなかった。

はー、そういうことかなるほどなあ、と他人事《ひとごと》のように感心しながら買い物をすませ、『傘』に戻った。

ベージュのコートを着た女の人が『CLOSE』の札のかかったドアの前に立ちつくしていた。背が高いな、とまず思った。姿勢が良いからさらに大きく見える。振り返った顔が驚くほど霧島に似ていた。

外階段に足をかけたわたしに気づいて、深く頭を下げる。

「三葉さんですよね」

田島セツ子の娘です、高野《たかの》と申します、と彼女は続けた。

「母がいつも、お世話になっております」

「あ、こちらこそお世話になっております」

「今日、お店休みなんですね」

「そうみたいです」

電話した時にはそんなことひとことも言ってなかったのに、と俯く頬に髪がぱらりとかかって、なぜか慌てたように耳にかけた。薬指に嵌《は》まった金色の指輪が冬の日差しを反射してわたしの目を射る。

他人の事情に必要以上に興味を持たないところが三葉の長所、という霧島の声を思い出しながら外階段をのぼりかけ、足を止める。すこし考えてから「よかったら二階で待ちますか」と声をかけた。


クリスマスの翌日にも、『CLOSE』の札はかかったままだった。夜、一階から物音が聞こえたのでおりていってみると、霧島は腰を屈《かが》めてゴミ箱にポリ袋をかぶせているところだった。電気はついていなかった。

霧島はわたしが外の階段ではなく直接厨房に続いている内側の階段をつかっておりてきたことに驚いたようで、「おお」と「へえ」の中間のようなあいまいな声を発して一歩後ろに下がった。

「めずらしいな」

近過ぎる感じがして嫌だ、とかつて自分がリルカに言ったことを思い出した。

「高野さんの手紙を預かってる」

託されたメモ用紙を差し出すと、霧島は存外素直にそれを受け取り、その場で読みはじめた。

　昨日、高野さんはわたしの部屋で二時間、霧島を待った。わたしが電話をしても反応はなかったし、おそらく隣にいるであろうリルカに電話をしても同じだっただろう。

　しかたないですね、と高野さんはため息をついて、手帳を開いてペンを走らせた。

「これ、渡しておいてくれますか」

　霧島さんに、と言いかけてから、兄に、と言い直した。

「……三葉、最近はあんまり飲んでないな」

　以前は、いろんなものの輪郭を曖昧にしておきたかった。「しごと」に向いている、と霧島には言われたし、自分でもそんな気がしていたが、他人の事情に接するという行為は思っていた以上に精神的な苦痛をともなった。アルコールでごまかすことなくそれらを受け止めるようになるまで、すこしの時間がかかった。

　だけどいつのまにか、曖昧にしなくても平気になった。リルカや、いろんな人とかかわるうちにそうなった。わたし自身の努力によってではない。

霧島はカウンターを顎でしゃくった。

「座ったら？」

禁酒してるわけではないんやろ、という言葉とともに、ビールの瓶が置かれる。霧島が椅子ひとつ空けて横に腰をおろす。ちいさなグラスに注がれたビールの金色と白い泡の割合が見事で、ようこんなじょうずに注げるな、と呟いてしまった。

「もと会社員やで。酌なら死ぬほどしたわ」

「へえ」

満員電車に乗ったり、取引先の人に名刺を差し出したりする霧島の姿が想像できなかった。接待に勤《いそ》しむ姿はなおさら。

「いや、この喫茶店だって商店街の組合に入ってるから。今でもそういう接待的なことはあるで。生きとったら絶対ある」

「めんどくさくないの、そういうの」

「めんどいに決まってる。でもやる、大人やからな」

「それって、大人はみんなやらないといけないことなん？」

「そういうわけではないけど」

霧島とこんなふうに話すのは、ほんとうにひさしぶりのことだった。「しごと」をはじめてからは、ほとんど業務連絡的なことでしか言葉を交わしていなかった。

「……セツ子さんと会わへんの」

ビールを飲み干したら、また新たに注がれた。瓶を傾ける霧島の横顔からはやっぱり感情が一切読み取れない。

「どこまで聞いた？」

「セツ子さんが霧島さんのお母さんで、霧島さんが八歳の頃に家を出ていったってことと、あの高野さんっていう娘さんはセツ子さんが再婚した相手との子どもだから霧島さんとは異父兄妹《きょうだい》やってことと、セツ子さんが霧島さんに会いたがってるけど、霧島さんがずっと拒んでるから会えてないこと」

「ぜんぶやな」

霧島の家はこのあたりいったいの土地を所有する地主で、そこに嫁いだセツ子さんは自分のことをずっと「跡継ぎを産むために迎えられただけの嫁」だと感じていた。夫婦仲も良くなかったし、義父母（霧島からすれば父方の祖父母）からもつらくあたられた。耐えられなくて、家を出た。

よくある話だ。話を聞いた時、まずそう思った。日本全国にたくさんあるようなよくある話で、でもだからセツ子さんは我慢すべきであった、と言いたいわけではない。「よくある話」が身に降りかかった際に、よくある話なので明るく乗り越えろと強制することは、暴力だ。「よくある話」は自分の身に降りかかればすべて個人的で特異な事情となるのだから。

「突然やで」

霧島が言って、ビールをひとくち飲んだ。

「本人からすれば長年の不満が溜《た》まりに溜まっての行動やったんやろうけど、こっちから見たらある日突然に、や」

学校から帰ってきたらいなくなっていた。居間のテーブルに、八歳当時の霧島の好物だったホットケーキの皿が載っていて、あたためずに食べたからぼそぼそしてまずかった。それまでは焼きたてを食べさせてもらっていたのだと思い至った頃、両親は正式に離婚したという。

出ていった母親が再婚したという話も、娘が生まれたという話も、口さがない町の大人たちの噂で知った。

再婚した相手は霧島が通っていた塾の講師だった。離婚前からデキていたのだろう、婚家での不遇を相談するうちに男女の仲にってやつやな、との噂が立った。ここにも「よくある話」が絡んでくる。

「何年も連絡なかったのに、去年いきなり妹と名乗る女が店に来て、『母が会って謝りたいと言ってます』なんて言うてきた。断っても断っても店に来たんや。しまいには『あなたよそのお年寄りのお見舞いには行けるのに自分の母親には会えないって言うんですか』とか責められてな」

ちょうどその頃、霧島はわたしを雇った。そして「自分のかわりにこの子を派遣しよう」と思いついた。高野さんは渋ったが、セツ子さんが「直接会えなくても、かかわりが持てるだけでいい」と納得したので、いったんはそういうことで落ちついた。

今回セツ子さんに新たな病気が見つかったことで、高野さんは「やっぱり、ちゃんと母に会ってあげてほしい。生きているうちに和解してほしい」と思いはじめたようだ。

「母にも事情があったんです、あなたも大人なんだからそれぐらいわかってあげてください、とか、親子じゃないですか、とか言われても……言われても困るわ」

霧島の頭がゆらりと傾く。わたしから遠いほうへ。

「霧島さんは、どうしても会いたくないの」

「うん。会いたくないな」

にべもなく言い切られて、わたしは黙るしかない。

霧島は、母がいなくなっても身の回りの世話は祖母や親戚がしてくれたし、経済的に困窮することもなかったし、母がかつてどれほど苦しんだかは大人になった今ではもちろん想像がつくが、それでも嫌なものは嫌だ、と言うのだった。

「そうなんや。わたしを雇ったのは、ほんまはそのためやったんや」

「……正直言うとな。いやもちろん、そのためだけではないけど」

母から逃げるために手段を講じた、向こうがさきに逃げたからこっちも逃げた、いや現在進行形で逃げている、人間がちいさいねん俺、とひと息に語り終えてビールを飲み干した。注ぎかえしてやるべきなのかもしれないが、わたしは酌はしない。

「三葉を手段にしたのは、申し訳ないと思ってる」

「それはべつにいい」

それはべつにいい。二度言った。わたしにとってはほんとうにどうでもいいことだった。

「わたし、昔から他人に興味がないねん。母はいつもそのことで怒ってた。でも霧島さんは、そこがいいって言うてくれたやんか。この『しごと』に向いてるって」

わたしがわたしのまま、できることがあると霧島が示してくれた。

「そうか」

霧島が頷いた。わたしは正面を向いているから、その表情はわからない。

「けど、ほんまに他人に関心がないんかな、あんたは。もしかしたら簡単に相手のことをわかった気になりたくない、と思ってるんちゃう？」

他人の気持ちを考えなさい、と母にいつも言われてきた。わたしにはそれがおそろしいことのように思えてならなかった。「このような場合、通常こう考えるはずである」にあてはまらない人間だって、多くいるはずだから。

一度わかった気になると、それ以上のことをわかろうとしなくなる。だから相手がどうしてほしいとか、どう思っているかとか、決めつけるのは嫌だ。

そうは言ってもほんとうはこう思ってるんじゃ、などと言葉の裏を読んだりもしない。霧島がセツ子さんに会いたくないと言うのなら、わたしは「そうか、会いたくないのか」とそのまま受け止める。

霧島が両手で顔を覆う。指のあいだから漏れた息は重く、たちまち空気に沈んでいく。

「俺が『しごと』はやめる、あんたを解雇すると言うたら、平気な顔して『べつにいいよ』って言いそうやな」

「うん、言う」

「そうやって他人の気持ちを大事にしすぎると、かえって冷酷に見えるで。あんたのお母さんも、そういうところが許せんかったんやと思う」

「それはあの人の問題やから、わたしが気を揉む必要はないねん」

「しごと」、やめるの？　わたしの問いに、霧島は顔を覆ったまま答えなかった。あきらめて立ち上がった時、ようやく「やめたくなってる」と呻くような声を出した。

「なんていうか、もう、疲れたんや。ぜんぶめんどうになってきた」

ビール代給料から引くとかやめてね、と言い残して、わたしは二階に続く階段を上がっていった。畳の上でスマートフォンが点滅している。義兄からのメッセージが届いていた。赤ちゃんが生まれました。その言葉の下に画像が表示されている。生まれたばかりの赤ん坊の顔というものは、話に聞くとおりちっともかわいくなかった。

二枚目の画像はガラス越しに撮影されたものだった。赤ん坊を抱いた姉が疲れ切ったような満ち足りたような表情をしている。


電車を降りたところでポケットの中のスマートフォンが振動した。姉からのメッセージで、マンションまでの道がわからないだろうから義兄を迎えに行かせる旨が書いてある。姉夫婦の住まいを訪れるのは二度目だが、なにせその一度目がずいぶん前なので忘れているのではないかと姉は思っているらしいが、わたしは一度通った道を忘れたりはしない。

姉は「忙しいだろうから無理して来なくていいよ」と何度も連絡してきたのだが、義兄が「遠慮してるんだよ、きっと」と言うし、わたしはなにも無理はしていないので行くことにした。世間一般の赤ん坊に興味はないが、姉が産んだ赤ん坊なら見てみたい。姉が入院していた産婦人科は面会禁止だったので、退院の日をずっと待っていた。

だいじょうぶ、道覚えてる。そう送ったら、すぐさま既読の通知がついた。

わかった、待ってるね

なにかいるものある?

じゃあヨーグルト。よけいなものがはいってないやつ

よけいなものってなに?

フルーツとか

実際の会話とほとんどかわらないようなスピードで、わたしと姉のやりとりが画面につみ重なっていく。

駅前のコンビニで「よけいなもの」が入っていないヨーグルトを買った。マンション一階の玄関の手前に義兄が立っていた。わたしに向かって手を振っている。

「お義兄《にい》さん、おめでとう」

「ありがとう」

予定日を五日過ぎての出産だった。陣痛《じんつう》に耐える姉にマッサージを施そうとしたら「うっとうしい！　やめて！」と怒られてびっくりしたとか、立ち会い出産をしたのだがいきむ瞬間に姉から摑まれた手首にまだあとが残っているとか、そういったことを身振り手振りを交えて興奮気味に話した。義兄は姉のことを「おっとりしていて、どちらかというとか弱い」人だと思っていたらしい。

「いや、あれはびっくりしたなあ。ちょっと感動もした」

「感動したんや」

「したした。女の人ってすごいな」

雨音ちゃん、とマンション一階のロビーで、義兄がわたしを振り返る。

「あの、ほんとに会うの？」

「ほんとに会うってどういう意味？　会いたいから来たんやけど」

わたしが答えても、義兄はなにやら鍵を握りしめてもじもじしている。とりあえず写真見せるわ、と言いながらスマートフォンを取り出した。

「ほら、この子やで」

フォルダに保存された膨大な画像を、ひとつずつ見ていく。透明な箱のようなベッドに寝かされて眠っている五人ばかりの赤ん坊を引きで写したものがあった。ひときわ大きな身体をしたのが姉の産んだ子どもだった。

「髪フサフサや」

「うん」

「赤い」

「雨音ちゃん、赤ちゃんって赤いんやで」

まるまるとしているというよりも全体的にどっしりしており、ひとことで言うと、貫禄があった。うっすらと目を開けているが、泣き出すわけでもない。

「どっしりしてて、いいね」

「え、女の子やで」

「なんで女の子がどっしりしてたらあかんの？」

わたしの言葉に義兄はすこし考えてから、まあそうだね、と頷いた。

「あかんことないな」

「うん」

これから生きていくこの子には、たいへんなことがたくさんおこる。たくましく、どっしりとそれらに向かっていけたらいい。

「じゃあ、本物を見に行こ」

「え、行く?」

義兄が警戒したように身を引く。

「あたりまえやんか」

「わかった」

義兄がエレベーターのボタンを押す。

「俺はここにおるから、ふたりでゆっくり話しておいで」

「え、なんで」

戸惑うわたしに答えず、義兄は外に出ていく。しかたなく、ひとりでエレベーターに乗りこんだ。

はじめて来た時にはすっきりと無駄のなく落ち着いたインテリアでまとめられていた部屋が、すっかり様変わりしていた。色の洪水だ。天井から吊り下げられた原色のガーランド、象の絵がプリントされた緑のラグに、濃いピンクのベビーチェア。目がちかちかする。

洗面台を借りて、入念に手を洗った。赤ん坊は壁際のベビーベッドで眠っていた。義兄に見せられた画像に比べて、より人間に近づいたように感じられる。姉にヨーグルトを手渡し、ソファに腰掛けた。

「道、迷わんかった？」

「わたしは道に迷ったりせんよ」

女の人ってすごい。先ほど義兄が口にした言葉を伝えると、姉はぷっと吹き出した。

「すごくはないよ。もう覚悟決めるしかないもん。やっぱり産むのやめますとか言われへん」

「たしかに」

「痛かったし、怖かったで」

そう話す姉は、以前より頼もしく感じられる。

「赤ちゃん、かわいいね」

「ふてぶてしそうな顔してるやろ」

おかしそうに肩を揺らして、姉はヨーグルトの蓋を開けた。プラスチックの平たいスプーンで、食べにくそうにすこしずつヨーグルトを口に入れる。

「ふてぶてしいっていうか、どっしりしてる」

姉が言うには、わたしが赤ちゃんの頃にすこし似ているらしい。あーちゃんみたいになったりして、とひとりごちた姉は、わたしから目を逸らして、ゆっくりと微笑んだ。

「あーちゃん。ママがもうすぐここに来る」

「え、そうなん？　来るって連絡あったん？」

「ないよ。でもママ、毎日来るし」

義兄は、母とわたしが鉢合わせすることがないように玄関で見ていてくれるらしい。

家の中にいる時、姉はいつも母から話しかけられた時は「あーちゃんはどう思う？」とか「おもしろいね、あーちゃん」と話題をふってきた。そうやってなんとかわたしを会話に加えようとした。でもわたしがなにか言うたび母が「なんでこういうふうに考えるんやろね、この子は」とか「誰に似たんやろ」とかと眉をひそめるので、そのうち話す気もなくなった。

「ねえ、あーちゃんはいつまで『問題児』をやるつもりなん？」

姉に言われたことの意味がわからなくて、わたしは黙っていた。それに構わず、姉は喋り続ける。

「あーちゃんはいつも家族を困らせる子、しょうがない子、心配ばっかりかける子、って文句言われながら、いつもママの興味を独占してるもんな」

「独占したいとか思ったこと、一度もない」

「知ってる」

だからよけいに嫌やねん、と姉が俯く。化粧っ気のない頬は白く、つるりとしていた。

その頬を涙の雫《しずく》がつたい、顎から滴《したた》って手の甲に落ちるのを見守った。

「わたしはずっと人に好かれるように努力してきたし、ママにもずっと気遣って生きてきた。でも周りの人に『おもしろい子ね』って言われるのはいつもあーちゃんやったね」

「お姉ちゃんのほうが好かれてるよ、みんなに」

「ママもあーちゃんのことばっかり気にしてる」

「さっき、ここに毎日来るって言うてたやん」

「ここに来ても、毎日あーちゃんの話してるもん」

「話って。どうせ文句やろ？　お姉ちゃんがそんなふうに思ってたとか、ぜんぜん知らんかった」

　ほんとうはずっと知っていたような気もする。ちょうどよい塩梅を保とうとする姉の努力に感心するふりをして、心のどこかで馬鹿にしていたような気もする。わたしは姉を好ましく思いながら、同時にほんのすこし哀《あわ》れんでいたのかもしれない。

「お姉ちゃんはお母さんの興味を独占したかったたってこと？」

　違う、と否定した姉の声はこれまで聞いたことがないほど鋭かった。

「そんなわけないやん。いい年して親に好かれたいとか独占したいとかそんなことにいつまでもこだわってるわけないし。あほちゃう？　なに言うてんの？　ママなんて、典型的な世間知らずのただの主婦やんか。なんであんな人から承認されることに、わたしがそこまでこだわらなあかんの？　あーちゃん笑わせんといてや」

姉は胸に手を当て、涙をぼろぼろこぼしながら肩を揺らして笑っている。これはいわゆる「産後ハイ」というものなのだろうか。今まで一度も見たことのない姉の様子に、ただただ驚いている。

「ママにはな、これから時間もお金も、たくさんたっくさん使ってもらうつもりやねん」

この子のためにね、と呟いて、姉がお腹に手を当てる。無意識の仕草だったのだろうか。もうそこには、誰もいないのに。

「その権利がわたしにはある。そうやろ？　だって今までなんでもママの言う通りにしてきたんやで。ずっとずっとママの気の済むようにさせてあげた。理想の娘をやってあげた。好き放題生きてきたあーちゃんとは違うねん。これはわたしの、わたしなりの復讐や」

わたしはぼんやりとガーランドを見つめる。哺乳瓶とガラガラと、かわいらしい熊の柄が等間隔に並んでいる。

わたしはまたよそ見をしている。

だってこの世には見えないものがいっぱいある。見えないのに、わたし以外の人には「ある」と認識できるもの。マナー、暗黙の了解、常識。それらのものが、わたしにはわからない。

　わたしにだけ、わからない。

　目の前にあるものは、ちゃんと見えるからいい。見えるものをわたしは見たい。

「あーちゃんは、わたしのこれからの人生に邪魔やねん」

　それにわたしはあーちゃんと一緒にいる時の自分が嫌いやねん、と言いながらまた涙をあふれさせる姉を、はじめて心から愛しいと感じる。的外れだとわかっている。こんなにもひどいことを言われているのだから。

「あーちゃんと一緒におったらきれいじゃない感情ばっかり湧いてくんねん。嫌い。あんたみたいな妹いらんかったわ。ほんまは大嫌いやった、今までずっと」

「そう」

「こんなこと言われても平気な顔して。ほんま強いな」

　姉の頬をとめどなく流れ落ちる涙を指で払ってやると、姉は驚いた顔でわたしの手を押し戻す。

「やめてよ」

「お姉ちゃんも強くて、安心した」

「……強くない。わたしはあーちゃんとは違う」

「強さにはいろんな種類がある」

バイバイ、お姉ちゃん。背を向けて、かばんを持ち上げる。振り返らなかった。わたしが言葉の裏を読まないことを、姉は知っている。

「そろそろママが来る。あーちゃん、逃げて」

姉が最後に、小さな声でそう言った。私は聞こえなかったふりをして、音を立てないように、赤ん坊を起こさぬように、気をつけてドアを閉めた。ひんやりとした外廊下に一歩足を踏み出す。


ハローワーク。その名称を口にするたびに、わたしはなんとなく笑ってしまいそうになる。そこに集っている人たちが「ハロー」などという軽いノリではないので、よけいに笑ってしまう。笑ってはいけない状況で笑ってしまう性格は、高確率で他人から嫌われる。今もそうだ。隣のパソコンで求人票を見ている若い男が不愉快そうな視線を送ってくる。

経理事務。営業事務。清掃。営業。工場。若干名。経験者優遇。ひとつひとつ見ていくと、頭がくらくらしてくる。

背後から肩を叩かれた。驚いて振り返って、さらに驚く。清川さんが立っていた。

手術に付き添った時と同じようにグレーのカーディガンにまるい眼鏡で、にこにこしている。

「清川さん」

「ひさしぶりね」

清川さんは自分の会社の用事で来ていたらしい。

「社員のひとりが育児休業中でね。給付金の手続きで、あっちに」

仕事を探している側が利用する窓口ではなく、事業所の窓口を指さした。そう、ハローワークはべつに職を探す人だけが集う場所ではないのだ。すっかり忘れていた。

「そうですか」

「職探し？　例のお見舞いのお仕事、やめちゃうの？」

「廃業するのかもしれません。わたしがやめたくてやめるわけではないのですが」

「ええ、そうなの？」

清川さんが心配そうに眉をひそめた。

「よかったら話聞くよ」

ハローワークは暖房が効いていたので、外の空気は「うっ」と声が出るほどにつめたく感じられた。大きすぎるマスクからずれて露出《ろしゅつ》した清川さんの鼻の頭が赤くなっている。

スーパーマーケットの店先に門松が飾られている。会社勤めをしているわけでもないわたしの年末年始は、ただ寒いだけの暇な期間だった。

「ちょうどお昼だし、一緒にごはん食べない？」

「いいですね」

いいお店があるのよ、と自信ありげな清川さんの後をついていく。白い猫がわたしたちを追い抜いて、細い路地に入っていく。

「あ、ねこちゃん」

清川さんの声が弾んでいる。

「猫、お好きなんですか」

「うん。朝も見かけたから、今日は二ねこ」

外で猫を見かけるたび、一ねこ、二ねこ、と数えるのだそうだ。猫を見かけるとうれしいから、一ねこごとに五百円貯金するんだという。

「いつか、猫を飼いたいなと思ってて。今はペット禁止のマンションに住んでるから、いつか引っ越しをするための貯金」

なんとも気の長い話だった。あたりまえかもしれないが、入院していた頃より、清川さんはずっと元気そうだった。

「いいお店」は定食屋さんだった。藍色ののれんがぱりっとしていて、レジの脇に招き猫が置いてある。これも一ねこに数えるのだろうか。

十二時をすこし過ぎた店内は満員に近かった。透明の板で仕切られたいちばん隅の二人掛けの席がちょうど空いていて、そこに腰をおろした清川さんは「ラッキーだったね」と目尻を下げる。

「そうですね」

清川さんがエビフライ定食を選んだので、わたしも同じものを頼んだ。話聞くよ、と言われたが、どこからどこまで話していいのかよくわからない。

「さっき、やめたいわけじゃないのにやめるって言ったけどどういうこと？」

おしぼりで手を拭きながら、清川さんがわたしの顔をのぞきこんだ。

「霧島が、そんな感じのことを言い出しまして」

「人の役に立ついい仕事だと思うけどねえ」

あ、へんな意味じゃなくてよ、と清川さんは必死に片手をぱたぱたさせているが、べつになんとも思っていないので落ち着いてほしかった。そもそも今の会話のどこにへんな意味をこめる余地があったのだろうか。

「すくなくとも、わたしにとってはね。すごく……助かったから。あの時。三葉さんに付き添いを頼めて」

あらためて、ありがとうね。清川さんが頭を下げるのと同じタイミングで、エビフライ定食が運ばれてきた。ごはんからも、お味噌汁からも、もうれつな湯気が立ちのぼっている。エネルギッシュだ、たしかに。星崎くんの発言に今になって納得する。

「……家族にも友だちにも頼めないって思ったんだけど、じつはひとりだけね、あてがあったの、あの時」

清川さんが数年前まで、十年近く交際していた男性だという。十歳以上年が離れていて、かつての上司で、そして、その人には家庭があった。交際していた頃も、今も。

「別れる時に『困ったことがあったらいつでも相談してくれ』って言われたからなんだけど、あっさり断られちゃった。『重いねん』だって」

「重い、ですか」

「重いに決まってるじゃないのよねえ、こっちは身体の一部を摘出しちゃうんだから」

「はい」

「だから依頼を引き受けてもらって、ほんとに助かったの」

わたしは黙ったまま頷いて、エビフライを齧《かじ》った。思いのほか熱くて、衣が歯茎《はぐき》を容赦なく削る。痛い。おいしい。でも痛い。清川さんに向かって「重い」と言った男への薄い怒りが湧く。清川さんの手術に付き添えないなら、ただ「付き添えない」と言えばいい。不安な手術を控えている人間にわざわざ「重い」などと伝える必要はなかった。

　なんでここまで怒っているのか自分でも意味がわからない。清川さんがなんでもなさそうに笑っているから、わたしの怒りは行き場を失ったままで、ただエビフライの熱くてかたい衣を嚙みつづけるしかない。

「だけどまあ、三葉さんなら大丈夫よ。どこに行っても……というわけではない、かもしれないけど。ぴったり合う職場がどこかにあるはず」

「そうでしょうか」

「うん。自信をもって」

　グーにした両手を顔の両脇で上下に動かしている。同じ動作をしてみた。自分の姿は自分では見えないが、清川さんのようにかわいらしくできなかった自信だけは漲《みなぎ》るほどにある。

「清川さんは、他人を励ますのが上手ですね」

「そういう役回りを引き受けなきゃならない年ってだけよ、四十代ってね。会社の若い子に教えたり、ミスしたら励ましたり」

　建前でも方便でもなんでも使ってね。清川さんはそう言って、ごはんを口に入れる。頬が膨らんで、リスみたいな顔をしていた。

「今のも建前ですか？」

「えっ」

虚を突《つ》かれたように、清川さんの眼鏡の奥の目がまるくなる。なにか言おうとして、激しく咳きこみはじめた。店の人が水を注ぎに来るやら、隣のテーブルの中年男性が「大丈夫かおいおい」と立ち上がるやら、たいへんな騒ぎだった。

「……建前じゃないのよ、ごめんね」

ようやく咳がおさまった清川さんが目尻から流れた涙をハンカチで拭く。

「ま、建前も言えないような大人にはなりたくないけどね」

「わたしはまさしくそれです。建前を言えない大人」

それにたいする清川さんの返事は、外から聞こえるサイレンの音に遮られた。すぐ近くを何台も通っていく。外に様子を見に行ったお店の人の「火事みたい」という言葉に、店内がざわつき出した。

他の客らとともに、わたしと清川さんも外に出てみる。

隣町のあたりだ、と誰かが指さす方向で、たしかに灰色の煙《けむり》があがっている。古い家が密集しているあたりだと誰かが言い、ほかの誰かが飲食店も多いからそのあたりから出火したんじゃないかと言った。

今日は空気が乾燥しているからよく燃えるだろう、と誰かがしたり顔で言う。スマートフォンを構えている人もいる。

「だいじょうぶかな」

清川さんが隣で眉をひそめる。煙の勢いが強くなった。わかりません、と呟いた声は低く掠れていて、清川さんにはきっと届いていない。

・

火事になっていたのは三階建ての雑居ビルだった。誰かが言っていたように一階は飲食店だったが、その日は定休日で、出火元は三階に入っていた消費者金融の事務所で、出火原因は調査中とのことだった。

負傷者七名、死者なし。新聞の記事を思い出しながら、検温と消毒を済ませ、胸にシールを貼り、前島総合病院のロビーを通りぬける。併設のカフェに通じる自動ドアが開いて、コーヒーの香りが鼻先をくすぐる。何度も何度も「しごと」で訪れた場所だけど、今日はそのために来たのではない。

エレベーターを待たずに、階段をのぼっていく。四階までのぼりきったところで、ちょうど星崎くんのお母さんがいた。手にした紙袋からタオルと洗剤の容器がのぞいている。

「三葉さん、ありがとうございます」

白髪まじりの頭《こうべ》を垂れて、そのまま静止する。廊下は白くつるつるとして、蛍光灯を反射する。そこにぽたりと雫が落ちて、いびつな水たまりをつくった。

「ほんとうに、よかったです」

わたしも、深く頭を下げた。

火事に遭遇した翌日、星崎くんのお母さんから電話がかかってきた。もしもし、と言うなり泣き出したから星崎くんに最悪の事態が起きたのかと慌てたが、そうではなかった。安堵のあまり、かえって涙が止まらなかったのだという。

「今、話せますか?」

「ええ、つきあたりの部屋です」

わたしが歩き出しても、星崎くんのお母さんは、じっとしている。

「……一緒に行かないんですか?」

「ええ。ふたりで話してきてください」

四人部屋の、廊下側のベッドだという。ドアを二度叩いてから、ゆっくりと開ける。星崎くんはベッドに上体を起こした状態で座っていた。

「星崎くん」

頰に貼りつけられたガーゼが痛々しい。星崎くんは包帯を巻いた右腕を上げて、痛そうに顔をしかめた。

向かいのベッドでは足にギプスをはめた男が退屈そうにテレビを見ていた。あとのふたつはカーテンが閉まっているため様子がわからない。病室には学校に通っていた頃に給食室から流れてきたような匂いが充満していて、ちょうど昼食を終えたタイミングで来たのだと知る。

「三葉さん」

そうだ、こんな声だった。こんな顔だった。記憶の中の星崎くんと、目の前で恥ずかしそうにまばたきをくりかえす星崎くんが重なる。

星崎くんは、じつはずっとわたしたちのすぐ近くにいた。距離にして十キロ、電車で二駅の街にあるアパート。そこに今も住んでいるという。

「いちおう社員寮ってことになってて。清掃の会社なんやけど」

件の雑居ビルで火災が発生した時、星崎くんは三階で清掃作業をしていたという。ビルの二階は四室あるうちの二室しかテナントがはいっておらず、一階の飲食店は定休日で、誰もいなかった。星崎くんはビルにいた人びとを誘導し、避難させ、その途中で煙を吸って倒れたところを消防隊員に救助された。

意識が戻った時最初に、「みんな、無事だったの？」と訊ねたのだという。それは星崎くんのお母さんから電話で聞いた。

「すごいやんか、星崎くん」

「普段よりビルに人が少なかったのが良かった。ただそんだけ」

なんでもないことのように笑って、人さし指で頬のガーゼを弄《いじ》った。べつにすごくはないんだ、と首を振った星崎くんが、表情をひきしめる。

「三葉さん、僕をさがしてくれてたって聞いた。ごめんな。……迷惑かけて、ほんとうにごめんな」

星崎くんは頭を下げた。額が掛布団に触れるほど深く。

「それは、わたしに言うことではないと思う」

家出るとか言うたら母に反対されそうで、と目を伏せる星崎くんのやりかたは、間違っていたのかもしれない。間違いだとしても、わたしが責めるべきことではなかった。

「星崎くんの、その時の精いっぱいやったんやろ」

器用ではない星崎くんの、その時の精いっぱいが積み重なった先に、今日がある。「明日こそは母に連絡しよう」と思っては先延ばし、先延ばしにした日を重ねるごとにさらに連絡しづらくなった。

今ではなく、「自分ひとりでもしっかりやっている」と堂々と母に見せられる状態になってから連絡するほうがいいのではという思いもあった。でもどういう状況なら「しっかりやれている」のだろうと、悩んだりもした。

「長いこと悩んだね、星崎くん」

星崎くんがいなくなったと聞いたのは七月のことだった。遠い昔のことみたいに感じられる。

「変わりたかった。僕はみんなが簡単にできることができへんから」

「うん」

「嫌やと思ったことも、みんなに嫌やって伝えられへん、僕はそんな自分がいちばん嫌いやった」

変わりたかったんや、と星崎くんが低く呟く。

「でも、星崎くんは変わってないよ」

会社の防災訓練を真摯《しんし》に受けるさまが滑稽だという理由でみんなに笑われていた星崎くんは、けれどもその滑稽な真摯さでもって、人を救った。

「僕、今の仕事楽しいねん」

「そうなんや」

日払いで通いはじめてちょうどひと月目に、まじめな働きぶりが清掃サービス会社の社長の目にとまり、正式なスタッフにならないかと誘われたという。

「星崎くんは変わりたかったかもしれんけど、わたしは、星崎くんが変わってなくてよかったと思ってるよ」

かばんからマフラーを取り出して、差し出した。

「これ、ずっと借りっぱなしやったから返す」

わたしにマフラーを巻いて「役に立った」とうれしそうに笑っていた頃から、星崎くんがすこしも変わっていなくて、ほんとうによかった。

「……持って帰って」

マフラーを手にした星崎くんに手招きされて、一歩踏み出す。なにか他の患者に聞かれたくない話でもするのかと、腰を屈めて顔を寄せた。

「持っといてほしいねん。外、寒いやろ」

星崎くんがわたしの首にマフラーをぐるぐると巻く。あの時と同じように。

「三葉さん、ありがとう」

マフラーの端を両手で持ったまま、星崎くんが顔を伏せる。頬と耳朶《みみたぶ》がどんどん赤みを増していくのを、わたしは腰を屈めたまま見下ろしていた。

「今日会いに来てくれて。それから、このマフラー持っててくれて、ほんまにありがとう」

ありがとうはいい。迷惑かけてごめんねと言われるよりずっといい。

「ありがとう、星崎くん」

なんで三葉さんがそんなこと言うの、と問う星崎くんの声がかすかに震えていた。なんでもや、と返すわたしの声もまた、同じだった。

なにそれロマンスやん、とリルカが言う。寿司を頬張ったまま喋るせいで、正確には「はひほへホマンフやん」と聞こえた。

「いやロマンスって」

「ロマンスだよ。ロマンス劇場やんか、完全に。なにそれ」

寿司を飲みこんだリルカは「ひゅうひゅう」と古臭い囃《はや》し声を発しながら、わたしの背中をばしばし叩く。手にしていた湯呑からお茶がびしゃびしゃとこぼれる。冷めていてよかった。

『回転寿し　こやま』の店内に、ひっきりなしに注文の声が飛ぶ。白い上っ張りを着た真樹也はお銚子《ちょうし》を運ぶ席を間違えたらしく、あたふたしていた。いいから落ち着きなって、と客が鷹揚《おうよう》に笑っている。

粗忽であろうとどうであろうと、個人の特性を受け入れてもらえる環境は存在する。星崎くんが見つけた新しい場所も、そうであったらいい。

「マフラー巻いてくれるとか！　なにそれ！」

「いや、すぐ外したけどね。だって病室ぬくかったし」

「いいなあ。若いなあ。わたしもいっぺんぐらいそういうのやりたかったなー」

「これから霧島さんとやったら？　あ、むこうが若くないから無理ってこと？」

「いやいや、わたしだって若くはないもん」

なんせ今年三十八やで、とリルカが言ったので、わたしは寿司を喉につまらせそうになる。

「三十八歳なん？」

ものすごく年の離れた恋人同士だと思っていた霧島とリルカが、じつはそうでもなかったと今さらながら知る。

「三葉ちゃん、わたしが最初に二十歳って言ったことずっと信じてたん？」

あほちゃう、とリルカは天井を向いて笑い出した。皿を運んでいた千穂子さんもにやにやしながらわたしの背中を肘で小突いていく。

「そういうとこ、ほんまに三葉ちゃんらしいな」

「前は好きでもなんでもないって言うてたやん、わたしのこと」

「は？　今は好きになったなんて言ってませんけど？」

嫌いや、とリルカが呟く。しみじみとした声音《こわね》で。

「三葉ちゃんなんか、大嫌いや」

「そうなんや」

「わたしにはぜったいにむりな方法で霧島さんとつながってるとこが嫌い」

霧島とつながっていると感じたことなど、一度もなかった。リルカの目にどう見えているのかは知らないが。なんと言えばいいかわからずに黙っていると、リルカが「そんなことより」と表情を改めた。

「霧島さん、お母さんと会わへんまんまでええんかな」

いつも歌うように話すセツ子さんを思い出す。ホットケーキを切り分けてくれたこと。元気ないね、と心配してくれたこと。自分の母を嫌うわたしをひとことも責めたり、諭したりしないでくれたこと。

なぜならそれは霧島の問題であり、セツ子さんの問題だから。「後悔しないのかな」と心配しているのもリルカ自身の問題だった。

「誰でもみんな、なにかしらの後悔はするんちゃう？　なにをどう選んでも、どっちに進んでも」

やらない後悔よりやった後悔がどうとか誰もが口にする。それは誰もがなんらかの後悔とともにしか生きていくことができないということを意味するのではないだろうか。程度や種類の差こそあれ。

「……そうやんな」

いらっしゃいませー。真樹也の声が響く。店に入ってきたのは霧島だった。めずらしくスーツにネクタイ姿だ。千穂子さんに「あらっ、今日は一段といい男やないの」と冷やかされている。

霧島に続いて、セツ子さんが入ってきた。セツ子さんの娘も。あきらかに一緒に入ってきたのに、セツ子さんたちはわたしたちがいるのとは反対側の席に向かっていく。わたしが座っている位置のちょうど斜め前のあたりに、ふたり並んで腰をおろす。顔の位置にくもりガラスの板みたいなものがあって、セツ子さんたちの表情がたしかめられないのがもどかしい。

「霧島さん、こっちこっち」

　手招きするリルカは、セツ子さんたちにはまだ会ったことがなかったようだ。ぐうぜん入店が重なっただけだと思っているのか、向こう側の彼女らと霧島を交互に見るわたしに気づかず「スーツ、かっこいい！」とひとりはしゃいでいる。

　霧島がようやく腰をおろした。

「なんで？　なんでスーツ？」

「午前中に人と会った。司法書士の先生な」

　わたしはうつむき、もくもくと食事を続ける。リルカおすすめのエビとアボカドの寿司は、たしかにおいしい。

「法人設立して、ちゃんとしようかと思ってんねん、仕事のこと」

　なあ三葉、と声をかけられてはじめて、霧島の話が他人事でないことを知った。仕事、と漢字の発音で聞こえた。それがどうしてなのかは、後で考えてみよう。

「新しい依頼が来てんねん。行ってくれへんかな」

　霧島が思う「ちゃんとしよう」には、わたしの今後も含まれていた。

「それとはべつに、あの人の通院も、今後まだ続くらしいから」

あの人、と言う時に霧島はセツ子さんたちのほうを顎でしゃくった。

「なあ、どうや、三葉」

霧島の語尾が不安そうに揺れはじめた。

「こっちに座らへんの、セツ子さんたち」

ようやく気づいたらしいリルカが「え、もしかしてあの人たちが……？　そうなん？」と声をひそめる。

司法書士と会った後にセツ子さんたちに会ったのか、向こうから来たのか、霧島から呼び寄せたのか、はたまた偶然会ったのか、セツ子さんたちとなにをどんなふうに話をしたのか、一緒に入って来たのにわざわざ遠く離れた席に座るのはどういう意味なのか、霧島は一切説明してくれない。横顔がめずらしく、緊張したようにこわばっている。

「ええねん」

こわばった顔のままだったが、口調はきっぱりしていた。

「同じ席に座る必要はないんや」

セツ子さんが首を縮めるようにしてこちらの様子を窺《うかが》っている。わたしと目が合うと、かすかに微笑んだ、ように見えた。

これが彼らの選んだ距離なのだろう。同じ店に入っても、同じ席には座らない。そういう距離を保って生きていくことをひとまず彼らが選んだというのなら、わたしはもうなにも言うことはない。

「通院の送迎は、今までどおり三葉にやってほしいねんて。どう、行ける？」

さっきリルカに叩かれたせいで半分ぐらいしか残っていないお茶を飲み干して、いきおいよく湯呑を置いた。いきおいよく置くつもりなんかなかったのだが、ついそうなってしまった。どうにも気が急《せ》いてしまって。

「わかった。いいよ」

なんとか発した声は、自分で思っていたより小さかった。リルカが隣でものすごくうれしそうに顔の前で両手を合わせる。咳払いをして、わたしはもういちど、はっきりと口にする。わかった、いいよ。

# 解　説

沖田修一（映画監督）

　私は普段、映画やテレビドラマなどの監督をしておりますので、こうした、小説の解説を書くのは初めてです。どうかご容赦を。どうして、そんな私が書いているかといえば、私の監督した映画「さかなのこ」を観てくださった方から、連絡をいただいたからです。映画は、テレビタレントのさかなクンをモデルにした物語でしたが、一貫して、私は、何かを猛烈に好きになった人の映画を作りたいと思いました。そして、その生きづらさについても、描きたいと思いました。

　この小説にも、生きづらさを抱《かか》えた人たちが登場します。主人公の三葉雨音《みつばあまね》は、他人に感情移入できない26歳の女性。私は、現在、46歳の男性ですが、三葉の気持ちがわからないこともありません。人と関わることに、疲れが生じてきました。

　昔はそうでもなかったはずなのに。時代でしょうか。スマートフォンの触りすぎでしょうか。それとも長く生きてくると、摩耗《まもう》するんでしょうか。

できるだけ楽に生きていきたいけど、これがなかなか難しいです。コミュニケーションが下手で、できれば、一人の作業の方が好きだったりします。脚本書いたり編集したりする時間の方が楽しかったりします。

ですが、映画は、たくさんの人が関わってきます。時には何十人ものスタッフと、仕事をしなくてはなりません。現場は笑いの絶《た》えない戦場です。コミュニケーションがどうだとか、言ってられません。しかも、最悪なことに、みんな仕事にプライドを持っている人たちばかり。エンドロールに出てくる、あの無数の名前の数々と付き合います。実は、あれは監督の私でさえ、知らない名前があります。もう誰が誰だか。結局、人との付き合いを、避《さ》けることはできません。どうしたって、空気を読み、言葉を濁《にご》し、バランスをとりながら、なんとかやってきました。

世の中にある、見えないもの。空気、常識、暗黙の了解。三葉が不得意とする、それらに塗《まみ》れて生きてきました。だから、ちょっとだけ、三葉が羨ましい。ほんとは、三葉みたいになりたい。嘘、全部じゃないけど。

ふと、三葉が映画を監督したら、どうだろうかと、想像しましたが、意外と、うまいこといきそうな気もします。感情が昂《たかぶ》る時ほど、いい判断はできないし、イエスかノーかはっきりしている三葉は、スタッフにも人気がでそう。

できないことはできません。やりたくないことはやりません。キャストの気持ちを代弁しているようで、さぞかし信頼されることでしょう。もしかしたら、三葉は、映画監督に向いているのではないでしょうか。

屋上で権藤《ごんどう》さんにしたみたいに、きっと、無表情で、愛のある映画を作るかもしれません。意外とサービス精神旺盛《おうせい》だし。

物語の中は、そんな三葉の心のあり様が、少しずつ開けていく瞬間があります。星崎《ほしざき》くんとのことに、執着する三葉。新幹線にまで乗ってしまう三葉。しかも九州まで。「しごと」を通して、少しだけ他人と心通わす様が、わざとらしくなくて、無理がないところが、この物語の好きなところです。

俳優が、この三葉を演じるとしたら、おそらく、無表情でやるのではないでしょうか。そして、後半に、少しずつ表情を表に出していく、というようなことを考えるかもしれません。ですが、もしかしたら三葉は、無表情でも、表情があるように見えるだろうと思いました。以前、とある俳優さんに出演してもらった時に、レンズを通した画が、無表情なのに表情豊かだな、と思ったことがあります。どうしてか、よくわからないのですが、無表情という表情があるのかもしれません。

まるで人が変わったみたいな優しい笑顔なんて、どこか物語の都合で、嘘っぽい気もしますし。

新幹線に乗った時や、星崎くんにマフラーを巻いてもらうところに至るまで、三葉の顔は、もしかしたら、一貫して無表情かもしれませんが、決して心がないわけではないし、むしろ、正しくありたいと願う一人の女性だと感じます。


「他人に関心がないのは、相手のことをわかった気になりたくないからじゃない？」

後半に登場する、この言葉が、心に響きます。

人を簡単に決めてしまえるほど、自分は偉くもないし、決められたくもない。

少し違う話かもしれませんが、人に対して、「キャラ」という言葉を使うのを耳にすると、酷《ひど》く違和感を覚える時があります。学校や職場などでの立ち振る舞いとして、自分に対してまで使ったりするのを聞くと、あまりにも浅はかな気がするのです。生きているのに、何かの登場人物みたい……。

「陰キャ」「陽キャ」、我々はもう、キャラクターです。むしろ決めてかかる方が、色々と合理的なのでしょうか。まるで、配信サービス等に出てくる、「あなたへのおすすめ」みたいです。俺を決めてくれるな。そう言いたい。おすすめに対して、異様な反抗精神を持ったまま、でも結局は、おすすめを見てしまうのです。

著者である、寺地はるなさんのプロフィールを拝見すると、どうやら、私と同じ歳のようです。同じ年の私が監督した映画がご縁で、この解説を書くことになりました。ちなみに、さかなクンも同世代。同じようなテーマに導かれているのでしょうか。

年が同じだからといって、自分と同じだなんてとてもじゃないけど言えませんが、小学校の卒業アルバムに、小渕《おぶち》官房長官の掲《かか》げた「平成」の文字を見ながら、多感な時期を過ごしてきました。どこか、似たような経験があるかもしれません。

私は、十代や二十代の頃に比べると、だいぶ人との付き合い方に、気を遣うようになりました。大人になっただけかもしれません。どうやったら新しい友達ができるのかさえ、今となっては謎です。あんなに、子供の頃によく遊んでいた隣家の子も、今となっては、会話をするのも奇跡です。

人と適度に距離を取らないと、なんだか怖くなってしまうのです。いつの間にか、電話で直接話すのも面倒で、メールでいいなら、それで済ませるし、家族とだけ、まともに会話できてれば、それで十分かなと思ったりします。

同じような仕事をしていた、気の許せる友人が、気がつけば疎遠《そえん》になって、他人行儀になっていったり。知らない間に、どこか遠くに引っ越していたり。

人は謎です。知ったような顔はできません。そういう思いのようなものを、寺地さんの小説から、感じることができます。

あの「傘」に集まる人たちは、みんなそうなんじゃないでしょうか。寺地さんの目線は、そんな、めんどうな人たちに対して、どこか優しさがあるように思います。だいたい人はみんなめんどうです。

ああ。どうりで疲れるわけだ。

二〇二四年　四月

この作品は2021年6月徳間書店より刊行されました。
なお、本作品はフィクションであり実在の個人・団体などとは一切関係がありません。

徳間文庫

# 雨《あま》夜《よ》の星《ほし》たち



2024年6月15日 初刷

著者 寺《てら》地《ち》はるな

発行者 小宮英行

発行所 株式会社徳間書店

東京都品川区上大崎三-一-一 〒141-8202
目黒セントラルスクエア

電話 編集〇三(五四〇三)四三四九
販売〇四九(二九三)五五二一

振替 〇〇一四〇-〇-四四三九二

印刷
製本 大日本印刷株式会社

ISBN978-4-19-894947-1

空色勾玉　荻原規子
白鳥異伝〈上下〉　荻原規子
薄紅天女〈上下〉　荻原規子
風神秘抄〈上下〉　荻原規子
あまねく神竜住まう国　荻原規子
おもいでエマノン　梶尾真治
さすらいエマノン　梶尾真治
まろうどエマノン　梶尾真治
ゆきずりエマノン　梶尾真治
うたかたエマノン　梶尾真治
たゆたいエマノン　梶尾真治
クロノス・ジョウンターの伝説　梶尾真治
つばき、時跳び　梶尾真治
サラマンダー殲滅〈上下〉　梶尾真治
ダブルトーン　梶尾真治
デイ・トリッパー　梶尾真治
壱里島奇譚　梶尾真治
未来のおもいで　梶尾真治
もうこれ以上、君が消えてしまわないために　鹿ノ倉いるか

気まぐれキッチンカーで昼食を　鹿ノ倉いるか
桜大の不思議の森　香月日輪
エル・シオン　香月日輪
黒沼　香月日輪
下町不思議町物語　香月日輪
魔法使いと副店長　越谷オサム
千年鬼　西條奈加
魔法使いハウルと火の悪魔　D・W・ジョーンズ　西村醇子訳
アブダラと空飛ぶ絨毯　D・W・ジョーンズ　西村醇子訳
チャーメインと魔法の家　D・W・ジョーンズ　市田泉訳
魔法？魔法！　D・W・ジョーンズ　野口絵美訳
ショートケーキにご用心　高橋由太
おれの墓で踊れ　エイダン・チェンバーズ　浅羽莢子訳
奏弾室　仁木英之
紫鳳伝　王殺しの刀　藤野恵美
紫鳳伝　神翼秘抄　藤野恵美
ふしぎな声のする町で　ほしおさなえ
ルークとふしぎな歌　ほしおさなえ
花咲家の人々　村山早紀

花咲家の休日　村山早紀
花咲家の旅　村山早紀
花咲家の怪　村山早紀
竜宮ホテル　村山早紀
魔法の夜　村山早紀
水仙の夢　村山早紀
アカネヒメ物語　村山早紀
ぶたぶた　矢崎存美
刑事ぶたぶた　矢崎存美
ぶたぶたの休日　矢崎存美
夏の日のぶたぶた　矢崎存美
クリスマスのぶたぶた　矢崎存美
ぶたぶたの花束　矢崎存美
現代の小説2019　日本文藝家協会編
現代の小説2020　日本文藝家協会編
さよならくちびる　原案・脚本　塩田明彦　ノベライズ　相田冬二
D列車でいこう　阿川大樹
植物たち　朝倉かすみ
Team・HK　あさのあつこ

# 徳間文庫

殺人鬼の献立表　あさのあつこ
グリーン・グリーン　あさのあつこ
グリーン・グリーン 新米教師二年目の試練
あるキング　伊坂幸太郎
水光舎四季　石野晶
願いながら、祈りながら　乾ルカ
人生に七味あり　江上剛
断固として進め　江上剛
通夜女　大山淳子
ロゴスの市　乙川優三郎
ある日失わずにすむもの　乙川優三郎
地先　乙川優三郎
若桜鉄道うぐいす駅　門井慶喜
消えていく日に　加藤千恵
アイ・アムまきもと　脚本 倉持裕 黒野伸一
おいしい野菜が食べたい！　黒野伸一
痛みを殺して　小手鞠るい
MONEY　清水義範
猫と妻と暮らす　小路幸也

猫ヲ捜ス夢　小路幸也
恭一郎と七人の叔母　小路幸也
風とにわか雨と花　小路幸也
国道食堂 1st season　小路幸也
国道食堂 2nd season　小路幸也
伯爵夫人の肖像　杉本苑子
カミングアウト　高殿円
失恋天国　瀧羽麻子
水上のフライト　土橋章宏
浅田家！　中野量太
アオギリにたくして　中村柊斗
弥生、三月　脚本 遊川和彦 南々井梢
この子は邪悪　脚本 片岡翔 南々井梢
月はまた昇る　成田名璃子
もっと超越した所へ。　根本宗子
ブルーアワーにぶっ飛ばす　箱田優子
一橋桐子(76)の犯罪日記　原田ひ香
本日は、お日柄もよく　原田マハ
生きるぼくら　原田マハ

恋々　東山彰良
海がきこえる　氷室冴子
海がきこえるⅡ　氷室冴子
ランチに行きましょう　深沢潮
足りないくらし　深沢潮
おもいおもわれふりふられ　堀川アサコ
誰も親を泣かせたいわけじゃない　堀川アサコ
まぼろしのパン屋　松宮宏
さすらいのマイナンバー　松宮宏
まぼろしのお好み焼きソース　松宮宏
アンフォゲッタブル　松宮宏
万延元年のニンジャ茶漬け　松宮宏
神去なあなあ日常　三浦しをん
神去なあなあ夜話　三浦しをん
雪のなまえ　村山由佳
アルゴリズムの乙女たち　明治依吹
ヒカルの卵　森沢明夫
純喫茶トルンカ　八木沢里志
しあわせの香り　八木沢里志